청소년
거침없이
글쓰기

청소년 거침없이 글쓰기 전략

김주환 지음

우리학교

글쓰기는 재능의 문제일까요?

　글쓰기는 재능이 있어야 한다고 생각하는 사람들이 많습니다. 훌륭한 작가들은 천부적인 재능을 타고난 사람들이기 때문에 글을 잘 쓰지만 보통 사람들은 그러한 재능이 없기 때문에 잘 쓰기 어렵다는 것입니다. 청소년의 대부분은 자신이 글쓰기에 재능이 없다고 생각하여 글쓰기를 부담스럽고 힘든 일로 여깁니다.

　글쓰기가 재능의 문제라고 생각하는 것은 두 가지 점에서 좋지 않은 영향을 미칩니다. 먼저 훌륭한 작가들이 글쓰기에 기울이는 시간과 노력의 가치를 가볍게 여기게 됩니다. 작가들은 글을 쓰기 위하여 엄청난 자료 조사를 하고 주제를 깊이 있게 탐구하며 철저하게 계획을 세우고 초고를 씁니다. 그리고 며칠을 두고 초고를 읽으면서 문제점이 없는지 살피고, 문제가 발견되면 다시 자료 조사를 하면서 고치고 수정을 합니다. 이런 과정을 끝도 없이 반복한 뒤에 드디어 작가들은 한 편의 글을 완성하는 것입니다.

재능이 있어야 글을 잘 쓸 수 있다는 생각은 또한 글쓰기 경험이 부족한 사람들의 노력을 무의미하게 만듭니다. 만일 여러분이 글쓰기가 힘들고 어렵게 느껴진다면 그것은 글을 써 본 경험이 많지 않거나 글쓰기에 대해서 공부한 적이 별로 없기 때문입니다. 고기도 먹어 본 사람이 잘 먹는다는 말이 있듯이, 글쓰기도 써 본 사람이 잘 쓰기 마련입니다. '나는 글쓰기에 재능이 없어.'라고 생각한다면 글을 잘 쓰기 위한 노력을 할 필요조차 없게 되는 것이죠.

여러분은 아니 우리 모두는 누구나 작가입니다. 매일 SNS를 통해서 혹은 다른 전자 매체를 통해서 수많은 메시지를 주고받습니다. 개중에는 아주 짧은 문자도 있지만, 좀 긴 글도 있습니다. 내가 쓴 글에 상대방이 감동을 받기도 하지만 내 의도와 달리 해석해서 오해가 생기는 경우도 적지 않습니다. 내가 쓴 글이 상대방에게 잘 이해될 뿐만 아니라 감동도 줄 수 있다면 우리의 삶은 더욱 행복해질 것입니다. 여러분이 상대방에게 자신의 마음을 표현하기 위해서 어떤 이모티콘을 선택할지 고민하고 있다면 여러분은 이미 작가의 대열에 들어선 것입니다.

여러분은 매일 수백 편의 글을 쓰는 작가입니다. 여러분의 메시지가 상대방에게 긍정적인 느낌으로 받아들여지길 원한다면, 또는 학교 과제와 같이 특별한 목적이 있는 글쓰기에서 좋은 능력을 보이기를 원한다면 "글쓰기는 재능이다."라는 말이 아니라 "글쓰기는 노력이다."라는 말에 귀를 기울이는 것이 좋습니다. '글쓰기에 대해서도 배울 것이 있다.'고 생각하고 꾸준히 글쓰기에 대한 지식과 경험을 쌓는다면 머지않아 여러분도 자신에게 '글쓰기의 재능'이 있다는 것을 알게 될 것입니다.

이 책은 『학생글로 배우는 글쓰기』의 청소년판입니다. 글쓰기를 배우고자 하는 청소년을 대상으로 하고 있지요. 이 책에는 여러분과 같은 중학생, 고등학생의 글(가끔은 대학생의 글도 있지요.)이 풍부하게 실려 있기 때문에 여러분 또래들이 글을 쓸 때 어떤 어려움을 겪는지, 어떻게 그것을 극복할 수 있는지를 쉽게 알 수 있습니다. '전략' 편에서는 한 편의 글을 쓰는 과정에서 어떤 전략을 사용하는 것이 효과적인지 소개하였고, '실전' 편에서는 시, 수필, 소설, 설명글, 설득글 등 다양한 갈래의 글쓰기 방법을 소개하였습니다.

글쓰기, 이제 함께 노력해 볼까요?

2016년 8월

김주환

차례

 글쓰기는 재능의 문제일까요? 4

1

할 말이 있어야 쓰죠

말하기와 글쓰기

글쓰기란 종이에 대고 말하기
혹은 종이에 대고 생각하기이다.

- 브랜다 유랜드 -

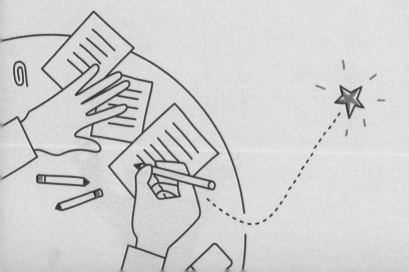

여러분은 말하기와 글쓰기의 차이점을 생각해 본 적이 있나요? 말하는 것과 글 쓰는 것은 자신의 생각과 감정을 표현한다는 점에서는 비슷하지만, 사용하는 매체와 상황이 다릅니다.

말하기는 목소리를 사용해서 뜻을 상대방에게 전달합니다. 목소리는 말하는 사람의 입에서 나와서 듣는 사람의 귀로 전달되기 때문에 말하는 사람과 듣는 사람은 서로 가까이 있어야 합니다. 상대방의 얼굴을 볼 수 있기 때문에 억양이나 표정, 몸짓을 이용해 다양한 의미와 감정의 전달이 가능합니다. 또한 말하는 사람과 듣는 사람은 서로 주고받으면서 대화를 함께 만들어 가기 때문에 말하는 사람의 부담이 적습니다.

그러나 글쓰기는 손을 사용해서 종이에 글자를 써야 합니다. 그리고 그것을 읽는 이가 읽어야 의미를 이해할 수 있습니다. 글쓴이가 글을 다

쓴 다음에야 읽는 이가 읽을 수 있기 때문에, 글쓴이와 읽는 이는 말하는 사람과 듣는 사람처럼 직접적인 의견을 주고받을 수 없습니다. 오직 글쓴이 혼자서만 글쓰기를 끝마쳐야 하기 때문에 글쓰기는 말하기보다 글쓴이의 부담이 훨씬 크다고 할 수 있습니다.

하얀 종이를 앞에 두고 글을 써야 하는 사람은 마치 하얀 벽을 앞에 두고 혼자 이야기를 하는 사람과 같습니다. 하얀 벽만 보고 있으면 머릿속도 하얗게 변할 뿐이니 얼마나 답답할까요? 글쓰기의 고통은 바로 상대방의 도움 없이 홀로 문제를 해결해야 하는 상황에서 비롯됩니다. 만약 상대방을 옆에 데려다 놓을 수 있다면 글쓰기의 고통도 상당히 줄어들 겁니다.

그런데 혼자 글을 써야 하는 상황인데, 어떻게 상대방을 옆에 데려다 놓을 수 있을까요? 사실 우리는 누구나 아주 쉽게 원하는 사람을 불러와서 옆에 두고 말할 수 있는 능력이 있습니다. 대통령도 부를 수 있고 소크라테스나 공자를 불러올 수도 있고, 심지어 하느님도 불러올 수 있습니다. 약간의 상상력만 발휘하면 누구든지 불러올 수 있을 뿐만 아니라 여러분도 다양한 인물로 변신할 수 있습니다. 말하기는 상대방이 옆에 있기 때문에 다양한 상상력을 발휘하기 어렵습니다. 하지만 글쓰기에서는 오히려 상대방이 없기 때문에 상상을 통해서 다양한 사람들과 대화하는 것이 가능합니다.

자, 이제 여러분 앞에 놓인 하얀 종이 위에서 말을 건네고 싶은 사람을 떠올려 보세요. 그러면 그 사람에게 하고 싶은 말이 조금씩 떠오를 겁니다. 여러분의 손은 하얀 종이에 검은 글자를 써 내려가지만 머릿속에서는 끊임없이 상대방과 대화를 이어 나가고 있습니다. 여러분이 머릿속에서 상대방과 나눈 이야기를 글자로 적어 놓은 것이 바로 글입니다. 하얀 종이를 다리 삼아 다양한 사람들과 만나서 대화를 나눌 수 있습니다. 어떤 사람을 만나서 어떤 대화를 나눌 것인지는 모두 여러분의 선택에 달려 있어요.

　다음 글은 수업 시간에 한 학생이 5분이 채 안 돼서 제출한 시입니다.

시험

이준영(장위중 1)

미쳐 버려

미쳐 버려

시험 때매

미쳐 버려

촌나 맞아

촌나 맞아

시험 때매

촌나 맞아

지겨워라

지겨워라

시험 때매

지겨워라

대빵 혼나

대빵 혼나

시험 때매

대빵 혼나

"와, 준영이가 정말 훌륭한 시를 썼네. 아주 훌륭해!"라고 칭찬했습니다. "선생님, 뭐라고 썼는지 읽어 주세요." 시를 읽어 주자 반 친구들이 매우 재미있어 했습니다. 이 시에는 시험 때문에 고통받는 말하는 이 자신의 생각과 감정이 잘 드러나 있습니다. 친구들이 특히 재미있어 했던 것은 평소 이 학생의 말투가 시에 그대로 반영되어 있었기 때문입니다.

이 학생은 하얀 종이 위에서 친구들을 떠올리고는 시험에 대한 불만을 이야기했습니다. 그리고 그 말을 그대로 글자로 옮겨 놓았습니다. 그렇기 때문에 5분 만에 자연스럽게 한 편의 시를 완성할 수 있었지요. 이 학생의 시에 자신의 말투가 그대로 살아 있는 것도 친구들에게 한 말을 그대로 적었기 때문입니다.

다음 시를 읽어 봅시다.

시험

또 봐?

 이 시 또한 십여 년 전에 많은 학생들과 선생님들에게 핵심을 찌르는 말로 감동을 안겨 준 작품입니다. 이 시는 학생들이 평소에 하는 말을 그 대로 글자로 옮겨 놓았을 뿐입니다. 말로 들었다면 그냥 짜증스런 느낌 뿐이었겠지요. 그런데 이렇게 글자로 옮겨 놓으니까 매우 흥미로운 시가 되었습니다. 단 두 글자와 물음표로 시험에 대한 학생들의 불만과 스트 레스를 짧게 잘 드러낸 겁니다. 이처럼 우리가 늘 하던 말도 글자로 옮겨 놓으면 또 다른 의미를 갖는 경우가 많습니다.

_____에 대하여 서술하시오

문지민

       _____과 관련 없는 것은?
       _____에 해당하는 것을 두 개 고르시오.

_____에 대하여 서술하시오.

다음 보기 중 알맞은 것은?

이 몇 줄은 살인범이다.

학생을 죽이고 선생을 죽이며 부모를 죽인다.

닥치는 대로 죽인다.

감정 없는 저 글은 세상을 죽인다.

_____에 대하여 서술하시오.

이 시에도 우리가 흔히 보던 말이 사용되었습니다. 이 학생은 하얀 종이 위에서 시험지를 떠올리고는 검사가 되어서 시험의 죄를 고발하는 것 같습니다. 말하는 이가 하고 싶은 말은 학생들 누구나 하고 싶은 말이기 때문에 공감이 갑니다. 그런데 평소의 자기 말투가 아니라, 검사의 목소리를 흉내 낸 것은 그것이 시험의 구체적인 죄를 밝히는 데 더 효과적이라고 판단했기 때문일 겁니다. 참 기발한 발상이지요.

이처럼 우리는 머릿속에서 다양한 상상이 가능합니다. 학교에서 하는 글쓰기라고 해도 친구나 선생님에게만 말을 걸 필요는 없습니다. 책상에게 말을 걸 수도 있고, 강아지에게 말을 걸 수도 있습니다. 반대로 자신이 강아지가 되어 주인에게 하고 싶은 말을 해 볼 수도 있고, 핸드폰이 되어 사람들에게 하고 싶은 말을 해 볼 수도 있습니다. 머릿속 상상의 세계에는 무궁무진한 이야기들이 숨어 있습니다. 여러분은 그 상상의 세계를 하얀 종이 위로 불러들여 그대로 글자로 옮겨 적으면 된답니다.

사진 속 글은 수필 쓰기 시간에 한 학생이 제출한 글입니다.

수필 읽기를 끝내고 자신이 겪은 일을 바탕으로 한 편의 수필을 쓰도록 했습니다. 그런데 교실 맨 끝에서 늘 자거나 장난을 치거나 혹은 자주 결석하던 한 학생이 "선생님, 저 수필 다 썼어요."라고 하며 이 글을 제출한 겁니다. 나는 대견하기도 하고 흥미롭기도 해서 그가 쓴 글을 읽어 보았습니다. 그런데 아, 고등학교 2학년 교실에서는 좀처럼 만나기 힘든 대박이었지요.

"10점 만점에 10점짜리가 나왔네, 심봤다!"라고 한 뒤 글을 읽어 주니 모든 학생들이 배꼽을 잡고 웃었습니다. 이 수필에는 이 학생의 학교생활이 온전히 들어 있었기 때문입니다. "수필을 쓰라고 했는데 너는 시를 썼구나."라고 하며 칭찬을 했습니다.

이 학생의 글은 맞춤법이 엉망이라 쉽게 이해하기 어렵습니다. 그러나 글에는 할 말이 분명히 드러나 있습니다. 뿐만 아니라 그 말이 읽는 이가 공감할 수 있도록 적절하게 쓰여 있습니다. 이 학생은 하얀 종이에다가 수필 쓰기를 시킨 선생님을 떠올리며, "나한테 수필을 쓰라는 게 말이 되느냐?"라고 항의하고 있습니다. 그런데 그 이유가 참으로 재미있습니다. 매 시간마다 자거나 딴짓하는 자신의 모습을 자세히 묘사해서 보여 준 것입니다. 보통 학생들이라면 자신의 부끄러운 모습이라고 생각해서 감추었을 법한데, 이 학생은 솔직하게 있는 그대로 드러냈습니다. 그런데 자기를 부끄럽게 여기지 않고 솔직하게 드러내는 모습에서 오히려 당당함이 느껴집니다.

글쓰기는 읽는 이와 의사소통을 하는 행위입니다. 글쓴이는 읽는 이와 직접 만나 소통하는 것이 아니라, 글을 통해 간접적으로 소통하기 때문에 오히려 창의적으로 다양한 의사소통이 가능합니다. 누구든지 대화의 상대방으로 데려올 수 있고, 다양한 목소리로 말을 건넬 수 있습니다. 글쓴이가 마주하는 하얀 종이는 공포의 문이 아니라 상상의 세계로 인도하는 문입니다. 하얀 종이 위에 말하고 싶은 상대방을 떠올려 보면, 하고 싶은 말이 자연스럽게 솟아날 겁니다. 글쓰기는 여러분의 상상력을 풍부하게 하고, 정확한 사고력을 키우는 데 도움을 줄 수 있습니다.

쓰기연습

1. 다음 시를 읽고 누구에게 무엇을 이야기하려고 한 것인지 이야기해 보세요.

가로등

모두가 잠든 사이
밝게 빛나는
너의 얼굴

어둠의 장막을
거두어들일 듯한
그 환한 미소

시린 새벽을
어루만지던
따스한 손길

햇살 한 줌에
모두 흩어져버렸다.

2. 다음 글을 읽고 이 학생의 '할 말'이 무엇인지 찾아보세요.

학교 건물

우리 학생들은 학교 건물 안에서 생활한다. 우리가 공부하고 생활하는 학교 건물들은 너무나 단순하고 평범하다. 내가 버스를 타고 가다가 보면 여러 학교 건물들이 나오는데 거의 비슷비슷하다. 학교 건물은 자기 학교를 상징할 수도 있다. 그래서 학교 건물은 개성이 필요하고 또 학교 건물에 대한 사람들의 생각도 바뀌어야 한다.

우리가 생활하고 있는 학교 건물은 너무 형식적이다. 어떤 면이든 거의 그렇다. 색깔은 거의 갈색, 회색 등이고 모양은 ㄷ, ㄴ, ㅡ자 모양이나 두 개의 건물로 되어 있는 것이 대부분이다. 그리고 창문도 모두 직사각형이나 정사각형이며, 벽 색깔도 하얀색을 칠한 학교가 많다. 문도 거의 직사각형 모양이다.

학교 건물은 형식적인 것보다는 자기 학교를 상징할 수 있도록 개성적인 것이 필요하다. 예를 들면 우리 학교 교복이 파란 줄무늬니까 건물을 파란 줄무늬로 색칠하고 파란 줄무늬 속에 우리 학교 마크를 넣어 만들면 훨씬 보기가 좋을 것이다. 그리고 우리 학교는 ㄷ자 모양이다. 이것을 바꾸어 '성내'의 '성'을 따서 ㅅ이나 ㅇ자 모양의 학교를 만든다면 훨씬 학교 다니기가 좋아질 것이다.

사람들은 학교 건물은 점잖고 잠잠해야만 된다고 생각하기 쉽다. 그리고 학교 건물은 너무 요란하지 않아야 된다고 생각할 것이다. 사실 학교 건물이 요란하다고 해서 우리 학생들에게 피해가 있으리라는 보장도 없다. 학교 건물은 각 학교마다 개성이 필요하고 바뀌어야 할 필요가 있다. 학교 건물을 보다 개성을 살려 만든다면 학교 다니는 게 훨씬 재미있을 것이다.

2

생각나는 대로 쓰면
안 되나요?

글의 목적

영감이 찾아오길 기다려선 안 된다.
몽둥이를 들고 그걸 쫓아가야 한다.

- 잭 런던 -

글을 쓸 때는 항상 글을 써야 하는 이유나 목적이 있게 마련입니다. 물론 별다른 목적 없이 그때그때의 생각과 느낌을 끄적거릴 때도 있고요. 그러나 과제를 제출하거나 누군가에게 읽히기를 바라는 글쓰기에서는 읽는 이가 알아주면 좋겠다고 생각하는 것이 있게 마련이지요. 그것이 바로 글쓴이에게는 글을 쓰는 목적이 됩니다. 글쓰기의 목적은 읽는 이에게 어떤 영향을 미치고자 하느냐에 따라 '설명하는 글', '설득하는 글', '정서 표현의 글' 세 가지로 나눌 수 있습니다. 설명하는 글은 읽는 이가 잘 모르는 사실이나 정보에 대해서 알려주는 것을 목적으로 하고, 설득하는 글은 읽는 이가 어떤 행동을 하도록 하는 데 그 목적이 있습니다. 정서 표현의 글은 말 그대로 글쓴이 자신의 정서를 표현하여 읽는 이에게 감동을 주는 데 그 목적이 있습니다.

우리가 쓰는 글들은 대체로 이 세 가지 범위에 포함되는 경우가 많습니다. 학교에서 과제로 내주는 글쓰기 중 조사 보고서 같은 글들은 새로운 정보나 사실을 발굴하여 소개하는 데 그 목적이 있기 때문에 설명하는 글에 속합니다. 학교나 사회에서 일어나는 문제에 대해서 건의하거나 주장하는 글은 설득하는 글에 속합니다. 또한 생활글이나 독서 감상문은 정서 표현의 글에 속한다고 할 수 있지요. 그러나 이러한 글의 목적에 대한 구분이 칼로 자르듯이 분명한 것은 아닙니다. 경우에 따라 설명과 설득이 섞여 있는 경우도 있고, 정서 표현과 설득이 섞여 있을 수도 있습니다.

중요한 것은 글쓰기 상황에서 읽는 이에게 어떤 영향을 미칠 것인지를 분명히 의식하면서 쓸 때 글쓰기의 성공 가능성도 높아진다는 것입니다. 예를 들어, 선생님이 독서 감상문을 써오라고 했다고 가정해 보세요. 한 학생은 읽은 책의 줄거리를 정리한 다음 느낀 점을 간단히 써서 제출했습니다. 그리고 다른 학생은 인물이나 사건에 대해 자신이 느낀 점을 중심으로 감상문을 써서 제출했습니다. 어떤 독서 감상문이 더 좋은 평가를 받을까요? 물론 글을 어떻게 썼느냐에 따라서, 그리고 선생님에 따라서 반응이 다를 수 있겠지만 대체로 뒤의 학생이 더 좋은 평가를 받을 가능성이 높습니다.

왜냐하면 앞 학생의 독서 감상문을 통해서는 이 학생이 책을 읽었구나 하는 정도는 파악할 수 있지만 책의 내용을 학생이 어떻게 이해했는지는 파악하기가 어렵기 때문입니다. 그러나 뒤 학생의 독서 감상문을 통해서는 학생이 어떻게 이해했는지를 좀 더 자세히 파악할 수 있습니다. 선생님은 대체로 학생이 책을 제대로 읽고, 책의 내용을 자신의 경험과 관련짓는다든지 다양한 생각을 하기를 기대합니다. 이러한 글쓰기에 따른 상황을 이해한다면, 책에 대한 자신의 생각과 느낌을 자세히 표현하는 방향으로 글쓰기의 목적을 설정하는 것이 적절합니다. 이런 글쓰기의 상황에 대한 인식이 없이 그저 습관적으로 줄거리를 요약하고 느낀 점을 간단히 적을 경우 좋은 평가를 기대하기 어렵겠지요.

다음은 정보 전달을 목적으로 쓴 글입니다.

나에게 가장 소중한 것

나에게 가장 소중한 것이 무엇이냐고 묻는 질문에 여러 가지가 떠올랐다. 힘들 때 내 편이 되어 주는 가족사진 등 한참을 생각하다가 문득 플래너가 떠올랐다. 현재 나의 목표와 꿈을 향해서 시간을 헛되이 낭비되지 않게 해 주는 플래너가 가장 소중한 것으로 생각이 된다. 또한 나의 플래너에는 그날 겪은 중요한 사건이나 짧은 성찰도 적혀 있으니 더욱더 소중한 물건인 것 같다. 플래너를 작성한 지는 얼마 되지 않았다. 중·고등학교 시절에는 학교라는 틀에 갇혀 매번 반복되는 일상이기 때문에 작성할 필요를 느끼지 못한 것 같다. 하지만 학업 플래너는 꾸준히 작성한 것 같다. 나의 목표와 꿈이 생기고, 그것을 실현하기 위해 본격적으로 플래너를 작성하기 시작한 시기는 수능을 치고 난 작년 12월 말쯤이 아닌가 생각이 든다. 본격적인 인생의 첫걸음인 대학교를 결정하는 순간부터 작성해 오기 시작했던 것이다.

이렇게 매일 플래너를 작성하는 한 사람으로서 플래너를 작성하지 않고 살아가는 사람들에게 꼭 플래너를 작성하기를 권유하고 싶다. 플래너를 작성하는 것이 도움이 많이 된다고 생각하기 때문이다. 먼저 플래너를 작성하기 위해서는 자신이 이루고자 하는 꿈, 목표를 설정해야 한다. 자신이 이루고자 하는 꿈이나 목표를 정했다면 그 목표와 꿈을 이루기 위한 일들을 정하고, 그러한 일들을 하루의 일정에 계획하여 차근차근 이루어 나간다면 좀 더 구체적으로 실천해 나갈 수 있다고 생각한다. 무작정 하루를 보내는 것이 아니라 오늘은 무엇을 꼭 달성해야 하고 무엇이 중요한 일인지를 알게 한다. 또한 하루를 마무리할 때 자신이 오늘 계획한 일을 달성했다면 성취감을 느낄 수 있을 것이다. 플래너에 성취감을 적거나 반성해야 할 점들을 적는다면 더욱더 소중한 플래너가 될 것이다. 나중에 그 목표를 이루고 난 뒤 작성한 플래너를 다시 보았을 때 내가 어떠한 노력을 했고 열심히 살아왔는지를 볼 수 있다. 이러한 이유들로 플래너 작성을 해 보기 바란다.

이 학생은 자신이 가장 소중하게 생각하는 물건으로 플래너를 정했습니다. 첫 단락에서 플래너를 소중하게 생각하는 이유와 언제부터 플래너를 작성하게 되었는지를 소개했습니다. 그런데 플래너를 중·고등학교 때는 사용하지 않았다고 하고선 바로 뒤에서 학업 플래너는 꾸준히 작성했다고 합니다. 플래너와 학업 플래너가 같은 것인지 아닌지 혼란스러운 상황인데도 이에 대해서 전혀 설명하지 않고 있습니다. 뿐만 아니라 플래너에 대한 추가적인 정보를 더 제공하지도 않고 바로 플래너 작성을 권유하는 것으로 글을 마무리 짓고 있습니다.

다시 살펴보면, 첫 단락에서는 플래너를 소중하게 생각하는 이유와 플래너를 사용하기 시작한 시기에 대해 설명하다가 둘째 단락으로 넘어가면서 갑자기 다른 사람들에게 플래너 사용을 설득하고 있습니다. 글을 쓰는 목적이 앞 단락과 뒷 단락에서 서로 달라졌지요. 이 학생은 아마 플래너에 대해 구구절절 설명하는 것보다는 다른 사람들이 플래너를 쓰도록 설득하는 것이 더 중요하다고 생각했기 때문에 설득하기로 돌아섰을 겁니다. 그러나 다른 사람들이 플래너를 사용하도록 설득하기를 바란다고 하더라도 플래너가 도움이 된다고 일방적으로 주장하기보다는 자신의 플래너가 어떻게 생겼으며, 어떻게 사용했는지를 자세히 알려주는 것이 설득하는 데에도 훨씬 효과적입니다.

애초에 이 학생이 과제로 받은 것은 자신이 소중하게 생각하는 물건을 다른 사람에게 소개하는 글을 쓰라는 것이었습니다. 그런데도 이 학생은 오히려 플래너에 대한 설명보다는 설득하는 데 더 많은 에너지를 쏟고 있습니다. 이 글을 왜 써야 하는지, 읽는 이에게 무엇을 제공해야 하는지에 대한 판단을 정확하게 하지 못하고 생각나는 대로 글을 썼기 때문에 이렇게 혼란스러운 글이 된 것입니다. 글을 쓴다는 것은 그저 머릿속에 떠오르는 생각을 글로 바꾸는 기계적인 활동이 아닙니다. 과제의 성격이 무엇인지, 읽는 이가 무엇을 필요로 하는지를 분석해야 합니다. 이를 바탕으로 글쓰기의 목적을 분명하게 설정해야 효과적인 글을 쓸 수 있습니다. 그래서 글쓰기를 '문제 해결을 위한 목적 지향적인 활동'이라고 합니다.

등교 시간을 아침 9시로 늦춘 것에 반대한다

최윤호(영덕중 2)

최근 교육부가 한 학교 학생들을 대상으로 한 등교 시간 관련 설문 조사에 따라 초·중·고등학교 등교 시간이 9시로 늦춰졌다. 하지만 나는 등교 시간을 늦춘 것에 대해 반대한다.

교육부가 등교 시간을 늦춘 결과 많은 학생들의 생활 패턴이 바뀌었다. 학생들은 게을러졌다. 이제 학생들은 6, 7시에 일어나다가 8시에 일어나고, 학교에서 집으로 가는 시간도 늦춰졌다. 그 때문에 학생들은 더욱 늦게까지 공부를 하게 되었다. 교육부의 계획이 학생들에게 악영향을 미치게 된 것이다.

또한 교육부가 이 제도를 실시하여 이루고자 했던 목표도 이루지 못했다. 그 목표는 수업 시간에 자는 학생들의 수를 줄이는 것이었는데, 여전히 수업에 흥미가 없는 학생들은 자는 것이 현실이다. 심지어 지각을 하는 학생의 수에도 별 변화가 없다.

교육부가 실시한 이번 정책은 실패이며 다시 등교 시간을 원래 시간대로 돌려놓는 게 맞다. 학생들의 올바른 습관을 망치고 목표도 이루지 못했다는 점에서 나는 등교 시간을 아침 9시로 늦춘 것에 대해 반대한다.

이 글은 '9시 등교에 대해 찬성과 반대 입장을 정해서 상대방을 설득하는 글을 써 보시오.'라는 과제에 대해 중학생이 쓴 글입니다. 이 글을 쓴 학생은 9시 등교로 인해 학생들이 게을러졌으며, 수업 시간에 자는 학생이나 지각하는 학생들이 여전하기 때문에 9시 등교에 반대한다는 주장을 하고 있습니다. 이 학생의 주장이 설득력을 얻으려면 제시한 두

가지 근거가 타당하다는 것이 입증되어야 합니다. 먼저 9시 등교가 학생들을 게을러지게 만들었다는 근거에 대해 살펴볼까요?

글쓴이는 학생들이 늦게 일어나고 게을러진 것이 9시 등교 때문이라고 추측하고 있습니다. 수업을 늦게 시작하기 때문에 끝나는 시간이 늦어졌다는 것은 다 아는 사실이니 타당한 추론이라고 할 수 있습니다. 그러나 9시 등교 때문에 학생들이 늦게 자고 늦게 일어난다는 주장은 타당성이 입증되지 않은 주장입니다. 우선 모든 학생들이 9시 등교 정책 이후에 늦게 자고 늦게 일어나는지 확인되지 않았습니다. 설사 모든 학생들이 늦게 자고 늦게 일어난다고 해도, 학생들이 자고 일어나는 시간은 학생들의 습관이나 집안 환경 등에 따라 다릅니다. 따라서 그 이유가 9시 등교 때문이라고 단정하기 어렵습니다. 그리고 학생들이 늦게 자고 늦게 일어나게 되었다고 해서 반드시 게을러졌다고 판단할 수도 없기 때문에 이는 타당한 근거로 보기 어렵습니다.

또한 이 학생은 9시 등교가 수업 시간에 자는 학생과 지각하는 학생을 줄이려는 것을 목표로 한 것이라고 보고 이 목표가 달성되지 않았다고 지적하고 있습니다. 그런데 9시 등교의 중요한 목표는 학생들이 충분한 수면을 취하고, 아침을 먹을 수 있도록 하자는 목적에서 정한 것으로 알려졌습니다. 지각생과 수업 중에 자는 학생의 문제는 이 학생이 인정한 것처럼 흥미의 문제도 있기 때문에 9시 등교 여부와는 상관없는 것일 수 있습니다. 따라서 지각생과 자는 학생이 여전하다고 해서 9시 등교 정책이 실패했다고 판단하기는 어렵지요.

　이렇게 따져 보면 이 학생은 입증되지 않은 주장과 단정을 기초로 하여 반대 의견을 제시하고 있음을 알 수 있습니다. 자신의 의견을 주장한다고 해서 상대방이 동의하거나 설득되지는 않습니다. 주장이 타당하다는 것이 입증되어야 반대 의견을 갖고 있던 사람도 받아들이게 됩니다. 주장만 강하게 내세우고 반대 의견을 비난하는 것으로는 상대방을 설득하기 어렵습니다. 그런데 이 학생은 자기주장만 내세울 뿐, 차분하게 상대방을 설득하려는 노력을 기울이지 않고 있습니다. 이 또한 글쓰기의 목적이 확실하지 않기 때문이라고 할 수 있습니다.

　다음은 '가장 슬펐던 일'이나 가장 기뻤던 일'을 소재로 중학생이 쓴 수필입니다.

가장 슬펐던 일

조명진(성내중 I)

　제가 지금 시작하려는 이야기는 제가 5학년 때의 일입니다. 제가 5학년 때 저희 반에는 아주 큰일이 일어났었습니다.

　저희 반에는 자칭 날라리라고 하는 어떤 여자아이가 있었습니다. 그 여자아이는 자기와 친한 아이들과 한패가 되어 자기의 말을 듣지 않든지, 아니면 자기의 눈 밖에 난 아이들을 방과 후에 한적한 곳으로 불러 때리기도 하고 땅바닥에 무릎을 꿇고 자기에게 용서를 빌라고 하는 등의 좋지 않은 행동을 했습니다. 그러나 그 아이는 다른 아이들보다 몸집도 크고, 키도 여자 중에선 제일 컸고, 공부도 반에서 3, 4등은 했기 때문에 아무도 그 아이를 말리지는 못했습니다.

그러던 어느 날 그 패거리는 저의 친구를 방과 후에 불러냈습니다. 그 여자아이는 제 친구에게 잘난 척을 하고 나섰다며 무릎을 꿇고 빌라고 했습니다. 제 친구가 그것만은 싫다고 하자 그 아이는 제 친구에게 반성하는 각서를 쓰라고 했습니다. 그러고는 그 각서를 태워 버렸습니다. 전 그 자리에 있었지만 친구를 도울 수가 없었습니다. 겁이 나기도 했고 괜한 일에 끼어들고 싶지 않아서였습니다. 그러나 지금 저는 매우 후회스럽습니다. 가장 친한 친구가 그런 일을 당하는데 그렇게 가만히 있었다니……

그 일이 있은 후 얼마 뒤 선생님께서는 반 분위기가 이상하다고 생각하셨는지 아이들에게 종이를 주며 우리 반의 분위기를 흐리고 있는 아이를 쓰라고 하셨습니다. 그 종이를 걷은 다음 날 선생님은 나에게 옆 반에서 막대기를 빌려오라고 하셨습니다. 선생님께서는 그 막대기로 우두머리인 그 여자아이를 때리고 대표적인 같은 패들도 때렸습니다. 그 우두머리 여자아이는 선생님이 시키는 대로 교실 바닥에 무릎을 꿇고 아이들을 향해 울면서 빌었습니다. 내가 반 분위기를 흐려서 미안하다고…….

　저는 그 여자아이를 따르는 패도 아니었고, 그 아이에게 당하지
도 않았기 때문에 아무 관련이 없었으나 같은 반 친구가 그런 일을 당
하기에 슬펐습니다. 저는 그런 일을 당하고 그 아이가 자살이나 하지
않을까 걱정이 되었지만 그 아이는 전과 같이 명랑하게 지냈습니다. 저
는 그것이 참 다행이라고 생각했습니다. 지금은 그 일이 가장 인상 깊
고 슬펐던 하나의 추억으로 남아 있습니다.

　이 학생은 자신이 경험한 가장 슬픈 일이라고 하면서 두 가지 사건을
소개하고 있습니다. 첫 번째 사건은 '여자아이'한테 가장 친한 친구가 당
한 이야기이고, 두 번째 이야기는 그 여자아이가 선생님한테 당한 이야
기입니다. 두 사건은 서로 다른 이야기지만 같은 여자아이의 이야기라는
점에서 서로 연결되어 있습니다. 또 한 사람이 다른 사람에게 폭력을 행
사한 이야기라는 점에서 주제의 통일성도 갖추고 있습니다.

　이 글을 통해서 글쓴이의 경험과 느낌을 어느 정도 이해할 수 있지
만, 읽는 이가 글쓴이의 경험을 생생하게 느끼기에는 약간 부족한 점이
있습니다. 두 이야기의 핵심 인물인 여자아이에 대한 소개로부터 이야기
를 시작한 것은 적절해 보입니다. 인물에 대한 묘사와 설명이 적극적으
로 제시되어 있기 때문에 뒤에 이어지는 사건을 쉽게 이해할 수 있습니

다. 그러나 첫 번째 사건에 대한 묘사와 설명은 다소 부족한 편입니다. 글쓴이는 그 상황이 겁이 나서 도울 엄두를 내지 못했다고 했는데 때리거나 무릎 꿇리지도 않았고, 반성문도 태워 버렸다면 여자아이는 평소의 행동에 비해 친구를 상당히 약하게 다룬 셈이 됩니다. 따라서 읽는 이들은 '겁이 났다.'는 글쓴이의 심정을 이해하기 어렵지요. 읽는 이들의 이해를 돕기 위해서는 여자아이의 행동과 그 무리들이 어떤 공포감을 심어 주었는지를 보다 자세히 묘사해야 글쓴이가 겁이 났다는 것에 공감할 수 있을 겁니다.

두 번째 이야기에서는 상대적으로 여자아이가 어떤 일을 당했는지 좀 더 자세히 묘사하고 있습니다. 첫 번째 사건을 통해서 보면 그 여자아이가 선생님한테 당하는 것은 사필귀정(모든 일은 반드시 바른길로 돌아감)이며, 정의가 살아 있음을 보여 주는 것이라고도 할 수 있지요. 그런데 글쓴이는 선생님이 여자아이의 자존심을 처참하게 무너뜨리는 것을 보면서 오히려 연민을 느끼게 되었습니다. 이러한 다소 모순된 글쓴이의 감정을 이해시키려면 여자아이가 얼마나 처참하게 무너졌는지를 좀 더 실감 나게 묘사할 필요가 있습니다.

이 글은 자신이 겪은 일을 소개하면서 자신의 느낌을 표현한 것이기 때문에 정서 표현의 글에 속합니다. 정서 표현의 글이라고 해서 자신의 느낌만을 표현하면 되는 것이 아닙니다. '슬프다.' 혹은 '기쁘다.'라고 느꼈다면 읽는 이도 그러한 느낌을 공감할 수 있도록 상황을 자세히 묘사해야 합니다. 상황이나 심리를 자세히 묘사하면 굳이 '기쁘다, 슬프다.' 처럼 직접적인 표현을 사용하지 않더라도 읽는 이는 저절로 기쁨과 슬픔을 느끼게 됩니다. 즉, 자신의 감정을 주장할 것이 아니라 읽는 이가 그러한 감정을 느낄 수 있도록 보여 주어야 하는 것입니다.

1. 다음은 본문의 글을 글쓴이가 다시 수정한 것입니다. 초고와 어떻게 달라졌는지 비교해 보세요.

나에게 가장 소중한 것

나에게 가장 소중한 것이 무엇이냐고 묻는 질문에 여러 가지가 떠올랐다. 힘들 때 내 편이 되어 주는 가족사진, 소중한 것들이 들어 있는 지갑 등 한참을 생각하다가 문득 플래너가 떠올랐다. 현재 나의 목표와 꿈을 향해서 시간을 헛되이 낭비되지 않게 해 주는 플래너가 가장 소중한 것으로 생각이 된다. 또한 나의 플래너에는 그날의 중요한 사건이나 짧은 성찰도 적혀 있으니 더욱더 소중한 물건인 것 같다.

플래너를 작성한 지는 얼마 되지 않았다. 중·고등학교 시절에는 학교라는 틀에 갇혀 매번 반복되는 일상이기 때문에 작성할 필요를 느끼지 못한 것 같다. 하지만 학업 플래너는 고등학교를 들어오고 나서부터 꾸준히 작성한 것 같다. 나의 목표와 꿈이 생기고 그것을 실현하기 위해 본격적으로 플래너를 작성하기 시작한 시기는 수능을 치고 난 작년 12월쯤이 아닌가 생각이 든다. 본격적인 인생의 첫걸음인 대학교를 결정하는 순간부터 작성해 오기 시작했던 것이다.

이제 내가 쓴 플래너가 나에게 소중하게 된 일화 한 가지를 소개해 보려 한다. 그것은 바로 내가 고등학교를 들어오고부터 작성해 온 학업 플래너에 대한 이야기이다. 나에게 취약한 과목인 영어를 공부하기 위해 문제집한 권을 구매한 적이 있었다. 문제집을 열심히 풀어 보려 했으나 게으른 마음에 잘 풀지 않았고, 그 문제집은 그냥 책상 서랍에 방치되었다. 그리고 몇주 후 학교 시험을 치렀는데 성적이 정말 답이 없을 정도로 떨어져서 충격과함께 맘을 다잡고 책을 폈지만 공부가 제대로 되지 않았다. 그때 선생님께서 매일 너가 할 수 있을 만큼의 양과 내용, 복습까지 문제집 한 권을 제대로 풀기 위한 계획을 세워 그 계획을 D-day로 끊어서 달성해 보라는 조언을 들었다. 처음 계획을 세우고 그 계획대로 이루어 나가려 하니 정말힘들었다. 이때까지 무언가를 계획하여 맞춰 가는 삶을 사는 것이 아니라마음이 내키는 대로 생활을 해 온 나로서는 습관을 고치기가 정말 힘들었다. 하지만 계획에 맞춰 하루하루 정해진 양을 해 내기 위해 많은 노력을 하였고, 마침내 책 한 권을 계획대로 완전히 정복하였을 때 그 성취감은 말로 표현할 수가 없을 정도였다. 당연히 나의 영어 성적도 따라 상승하였고,이런 계획을 다른 과목에도 적용하여 성공을 많이 보았다.

이로써 나의 게으른 성격도 계획을 작성하여 차근차근 이루어 나가는 부지런하고 꼼꼼한 성격으로 바뀌었고, 좋은 습관을 형성하게 해 준 플래너를 현재로써는 가장 소중하게 여기고 있는 것 같다.

2. 다음 장면을 읽는 이가 읽었을 때 '겁이 났다.'는 것을 공감할 수 있도록 실감 나게 묘사해 보세요.

　　그러던 어느 날 그 패거리는 저의 친구를 방과 후에 불러냈습니다. 그 여자아이는 제 친구에게 잘난 척을 하고 나섰다며 무릎을 꿇고 빌라고 했습니다. 제 친구가 그것만은 싫다고 하자 그 아이는 제 친구에게 반성하는 각서를 쓰라고 했습니다. 그리고는 그 각서를 태워 버렸습니다. 전 그 자리에 있었지만 친구를 도울 수가 없었습니다. 겁이 나기도 했고 괜한 일에 끼어들고 싶지 않아서였습니다. 그러나 지금 저는 매우 후회스럽습니다. 가장 친한 친구가 그런 일을 당하는데 그렇게 가만히 있었다니…….

3

누구를 위해
쓰는 건가요?

독자

글을 쓰기 전에는 항상 내 앞에 마주 앉은 누군가에게
이야기를 해 주는 것이라고 상상하라.
그리고 그 사람이 지루해서 자리를 뜨지 않도록 설명하라.

- 제임스 패터슨 -

글을 쓰는 이유는 결국 읽는 이에게 읽히기 위해서입니다. 물론 일기처럼 글을 쓰면서 자신의 삶을 반성하고 살피는 것을 목적으로 삼는 경우도 있습니다. 그러나 이 경우도 결국은 자기 자신을 독자로 생각해서 글을 쓰는 겁니다.

아무리 훌륭한 글이라고 하더라도 읽히지 않는다면 그 글은 종잇조각이나 먹물에 불과하겠지요. 글은 읽는 이에게 읽혀서 그의 머릿속에서 의미를 만들고, 마음을 움직일 수 있을 때 비로소 그 가치가 살아납니다. 따라서 글쓴이는 글을 쓸 때 읽는 이를 생각하지 않을 수 없습니다.

그렇다면 글을 쓸 때 글쓴이가 생각해야 하는 '읽는 이'는 어떤 사람일까요? 예를 들어, 수업 시간에 과제로 글을 쓴다고 하면 누구를 읽는 이로 삼는 것이 적절할까요? 과제로 제출하는 글이기 때문에 우선 담당 선생님이 읽는 이가 될 겁니다. 또한 그 글은 수업 시간에 발표될 수도 있기 때문에 같은 반 친구들도 읽는 이가 될 수 있습니다. 따라서 과제로서의 글쓰기를 할 때는 선생님과 친구들, 즉 '교실 공동체'를 읽는 이로 생각해야 합니다.

수업 과제로 글을 쓸 때는 먼저 담당 선생님이 학생들에게 기대하는 것이 무엇인지, 어떤 취향을 갖고 있는지를 분석해서 선생님이 공감할 수 있는 방향으로 내용을 선정하는 것이 좋겠지요. 그러나 담당 선생님이 자신의 글만 읽는 것은 아니기 때문에 친구들이 어떤 내용을 어떤 방식으로 쓸 것인지도 생각할 필요가 있습니다.

예를 들어, 대부분의 학생들이 비슷한 주제로 글을 써서 발표할 경우 선생님과 학생 모두 지루함을 느낄 수 있습니다. 가급적이면 많은 학생들이 선택할 가능성이 높은 주제는 피하고, 좀 더 참신한 주제를 찾는 것이 좋습니다. 만일 모든 학생들이 같은 소재로 글을 써야 한다면 주제를 참신하게 드러낼 수 있도록 노력해야 합니다.

대부분의 학생들은 선생님들이 마치 자신의 글만 읽을 것처럼 생각하며 글을 씁니다. 하지만 선생님은 글 한 편 한 편을 따로 따로 평가하는 것이 아닙니다. 한 학생의 글이 교실 공동체의 논의와 비슷한 수준인가 아닌가, 교실 공동체의 의견과 같은가 혹은 다른가 등에 의해서 평가를 하게 됩니다. 따라서 자신의 글이 반 친구들에게 새로운 지적 자극을 줄 수 있도록 참신하게 구성하려는 노력이 필요합니다.

다음은 중학교 학생이 쓴 독서 감상문입니다.

심청, 용왕과의 대화

윤선영(성내중 1)

인당수에 몸을 던진 지 삼여 일. 심청, 웅성거리는 소리에 눈을 떠 보니 이곳이 어디지? 곳곳은 오색찬란한 금은보화, 입고 있는 옷은 비단이 아닌가!

"이게 꿈인가 생시인가. 내 분명 인당수에 몸을 던진 터, 이런 곳에 있을 까닭이 없을 터인데……. 오라, 이곳이 바로 말로만 듣던 그 용궁이 아닌가!"

심청 놀라며 방 안 곳곳을 둘러보고 있은즉, 그 웅성거리는 소리 더욱 크게 들리더니 이윽고 선녀같이 고운 여인 몇 명이 들어 "잠이 깨셨나이까?" 하고 묻더니 곧 "용왕마마께옵서 부르시옵니다." 하며 굳어 있는 심청을 앞장세우고 가더라. 곳곳에 삼지창 들고 서 있는 문어, 뱀장어 장군을 보며 심청 그 생각 더욱 확신하더라. 선녀들 곧 발을 멈추니 대문짝만 한 흑진주에 '용왕실'이라고 쓰여 있더라. 심청 더욱 굳어 있으니 이윽고 "고개를 들라." 하는 고리짝 긁는 소리가 나더니

"네가 심청이더냐?"

"예, 그러하옵니다."

"나이는 몇인가?"

"십오 세인 줄로 아뢰오."

"십오 세라……. 흠, 어쨌든 거두절미하고 묻겠노라. 인당수엔 왜 빠졌는고?"

심청, 아비 생각에 흐느끼며 "봉사 아비의 눈을 뜨게 하옵자면 쌀 삼백 석이 필요하온데 그 구할 길 없어 고심하던 중 선인들이 나타나 인당수에 바칠 제물 구한다 하여 이 몸을 팔아 삼백 석을 마련하고 소녀 인당수에 뛰어들었사옵니다."라고 하자 용왕 말하기를

"내 그런 것쯤 다 알고 있으니 네가 인당수에 빠진 이유를 대란 말이다."

심청 무슨 말인지 몰라 "방금 말씀 드렸지 않사옵니까?" 하고 되물으니 용왕 답답해하며

"에이, 어리석은 것! 네 말 듣고 보니 고단수는 아니로고. 네 머리 어리석은 탓인즉 내 설명해 보겠노라." 한다. 심청, 용왕 앞인즉 내색도 못하고 "예" 하더라. 용왕 설명 시작하니

"너, 장 승상 댁 부인을 아느냐?"

심청 안다 하자 또

"너, 네 이웃 사람들을 아느냐?"

심청 또 안다 대답하자

"그럼 왜 그 사람들에게 도움 한번 청해 보지 않았던고? 너 장 승상 댁 부인에게 귀염 받고 있겠다, 동네 사람들도 모두 네 효성 지극히 여기는 터에 한번 도움이라도 청해 봤던들 거절이나 했겠느냐?" 하더라. 이에 심청 말하기를

"소녀, 장 승상 댁 부인이나 동네 분들에게 너무나 많은 신세를 지어 차마 미안하고 부끄러워 부탁을 못했나이다." 하니 용왕 심히 노해

"아무리 부끄럽고 미안한들 목숨을 버리느냐? 신세 진 것이야 갚으면 되고 부끄러움이야 참으면 될 터인데 네겐 그 목숨이 그리도 하찮은 것이더냐? 그렇듯 효성 지극하다면 네 체면 좀 버리고 부모님 주신 목숨 귀히 여겨 살았어야 했거늘……."

심청이 당황하여

"소, 소녀, 하지만 아비의 행복을 위해……."

"쯧쯧, 왜 이리 모르느냐? 진정한 행복이 무엇이냐? 바로 마음이 편한 것이다. 아무리 사지 멀쩡하고 돈 많다 한들 뭐 하느냐? 마음 속이 썩으면 불행한 것이지. 네 아비의 경우만 보아도 네 공양으로 눈만 번쩍 떠지면 행복할 것 같으냐? 자기의 눈을 뜨게 하려고 네가 죽었다는 소릴 듣고 죄책감에 시달리다 못해 곧 속이 썩어 죽을 것이다. 그게 부모 맘인 것이야. 왜 그리 그 맘을 헤아리지 못하니? 네 아비가 그런 일을 당하고도 행복해지길 바랐다면 그건 네 아비에 대한 모

욕이 되는 거야."

심청 흐느끼더니

"저는 정말 그런 생각도 못하고 미천한 것 짧은 생각으로 커다란 불효를 저질렀습니다. 용서해 주시옵소서." 한다. 흐느끼는 심청 보며 용왕 말하길

"네 생각이 그렇지 않았다고는 하나 너의 행동으로 하여 그런 생각을 하게 되었다. 넌 너의 그 효가 네 자신의 성취감을 해결하기 위한 효가 아니었는지 반성을 좀 해야 할 것이니라."

심청 통곡한 한참 후에 눈물 닦으며

"저의 생각이 짧았사옵니다. 소녀, 앞으로는 진정 부모를 위한 효를 하겠사오니 지은 불효를 씻기 위해 한 번만 아비 곁으로 가게 해 주시옵소서."

"내 그럴 줄 알고 자라 한 마리 대기시켜 놓았으니 네 아비 숨넘어가기 전에 어서 가 보거라."

그 후 심청 더욱 깊이 아비 공양하며 행복하게 살았다 하더라.

이 학생이 쓴 감상문은 두 가지 점에서 같은 반 학생들에게 충격과 감동을 주었습니다. 먼저 인당수에 뛰어든 행동에 대해서 친구들과 다른 비판적인 해석을 시도했습니다. 심청의 행동이 효가 아니라 불효였다고

주장하는 것은 일반적인 상식을 깨뜨리는 주장입니다. 그렇기 때문에 교실의 다른 학생들에게 충격과 감동을 안겨 준 것입니다.

두 번째로 이 학생은 독서 감상문을 일반적인 감상문의 형식으로 쓴 것이 아니라 소설의 형식으로 썼습니다. 대부분의 학생들은 일반적인 감상문 형식을 사용했기 때문에 이 학생이 쓴 소설 형식의 감상문은 충격과 감동을 줄 수밖에 없었습니다. 감상문 형식이 갖고 있는 지루함을 완전히 벗어던지고 소설의 형식을 취함으로써 훨씬 흥미롭게 읽을 수 있었습니다. 이 학생은 자신의 글이 읽는 이에게 어떻게 읽힐 것인지를 나름대로 헤아린 결과, 반 친구들에게 신선한 충격과 감동을 안겨 주었던 것이지요.

선생님이 내준 글쓰기 과제를 억지로 하면 힘들고 괴로울 뿐입니다. 그러나 이 학생은 과제를 수행하는 수준을 넘어서 교실 공동체 구성원들과 적극적인 소통을 시도했습니다. 심청의 행동에 대해서 교실 공동체 구성원들과 다른 해석을 시도했을 뿐만 아니라, 읽는 이가 재미있게 글을 읽을 수 있도록 배려했습니다. 이처럼 글을 쓴다는 것은 단순히 과제 하나를 해결하는 것만이 아니라 읽는 이인 교실 공동체 구성원들과 소통하는 것입니다. 자신이 쓴 글이 읽는 이들에게 읽혀서 적극적인 호응을 얻는다는 것은 공동체의 인식의 발전에 도움이 된다는 것을 의미합니다. 글쓴이로서는 그보다 더 기쁜 일이 있을까요?

다음 두 편의 글은 자신이 소중하게 여기는 물건을 한 가지 정해서 그 물건에 대해 잘 모르는 사람들에게 소개하는 글입니다.

휴대폰

김예진(영덕중 2)

내가 나의 물건들 중 가장 소중히 여기는 것은 휴대폰이 아닐까 싶다. 전 세계 사람들이 소지하고 있다 하여도 무방할 만큼 스마트폰은 그들에게도 소중한 물건일 것이라 생각된다. 하지만 그런 스마트폰을 다루기에 서투르거나 자세히 모르는 사람들도 있을 터이니 짤막하게 소개해 볼까 한다.

스마트폰은 정말 한마디로 말해서 '만능'이다. 손바닥만 한 기계에서 할 수 없는 게 없기 때문. 우리가 사용하는 알람 시계, 달력, 공책, 지도 등 이 기계 하나면 훨씬 간단히 할 수 있다. 여기에 컴퓨터의 기능까지 쏙 빼왔으니 얼마나 편리하겠는가? 또 그 조작 방법까지 쉬우니 스마트폰이 널리 퍼져 나간 이유로 충분하다.

글씨만 읽을 수 있다면 어렵지 않게 전화를 발신하고 문자 메시지를 보내며 인터넷 검색까지 할 수 있다. 몇 마디 덧붙이자면 우리나라의 스마트폰 수준은 세계 최고라 할 수 있을 만큼 높다. 물론 외국에 경쟁사들이 있기는 하지만 말이다.

그럼 모든 사람들이 가지고 있는 이 작은 기계가 왜 가장 소중하냐고 묻는다면 나의 모든 것이 여기 들어 있기 때문이라고 답하겠다. 위에 말한 기본적 기능 외에도 스마트폰은 사진, 영상, 음악 등을 저장하거나 다운로드할 수 있으며 소중한 사람들과 했던 대화 내용도 간직하여 준다. 개인의 편의뿐만 아니라 개인과 개인 사이의 다리 역할까지 해 주니 가히 최고의 발명품이라 칭할 만하다.

여러분이 만일 스마트폰이라는 물건을 모르는 사람이라면, 이 글을 읽고 스마트폰이 어떤 물건인지 알 수 있을까요? 이 글에서 스마트폰은 알람 시계, 달력, 공책, 지도가 들어 있고 메시지를 주고받을 수 있으며, 인터넷 검색도 할 수 있다고 했습니다. 그런데 스마트폰을 전혀 모르는 입장에서 이런 설명만으로 스마트폰이 어떤 물건인지 이해할 수 있을까요? 컴퓨터 기능도 들어 있다고 했지만 스마트폰의 컴퓨터 기능이라는 것이 어떤 것이며, 어떤 방식으로 작동되는지에 대한 설명이 전혀 나와 있지 않습니다. 따라서 스마트폰이 무엇인지를 잘 모르는 사람에게 이 글은 매우 불친절한 글이 될 수 있습니다.

그렇다면 스마트폰을 잘 모르는 사람들에게 스마트폰에 대해 어떻게 설명하면 잘 알아들을 수 있을까요? 스마트폰은 몰라도 전화기는 알 것이라고 생각하고 시작하면 어떨까요? 집 전화나 공중전화만 있었던 시절에 휴대할 수 있는 이동 전화의 등장은 혁명과도 같았습니다. 이런 휴대 전화기가 다양하고 새로운 기능을 갖추면서 변신을 거듭한 결과 현재의 스마트폰으로까지 발전한 것입니다. 이렇게 휴대 전화기의 진화 과정을 중심으로 모양과 기능의 변화를 설명하면 스마트폰에 대해 전혀 몰랐던 사람들도 비교적 잘 이해할 수 있겠지요.

그런데 스마트폰에 대해서 이렇게 본격적으로 설명하는 글을 쓰기 위해서는 스마트폰의 변화 과정에 대해 좀 더 자세히 알아보고 써야 합니다. 즉, 정보 전달 글을 쓰기 위해서는 자신이 알고 있는 정보라도 좀 더 자세히 조사해서 읽는 이들이 잘 이해할 수 있도록 제시하는 것이 필요합니다. 그러나 스마트폰에 대해서 어느 정도 알고 있는 읽는 이에게 내 스마트폰이 어떤 것인지를 소개할 때는 내용 구성이 달라질 수 있습니다. 스마트폰도 제작사 혹은 기종에 따라 모양과 기능이 다양하기 때문에 자신이 갖고 있는 스마트폰이 어떤 모양과 기능을 갖추고 있는지 구체적으로 설명합니다. 그리고 그러한 기능들 중에서 자신은 어떤 것을 가장 애용하는지 설명하면, 스마트폰에 대한 이해가 있는 읽는 이에게 '내 스마트폰의 특징'에 대해 소개하는 글이 될 겁니다.

이처럼 스마트폰에 대해 전혀 모르는 읽는 이를 대상으로 하느냐 혹은 어느 정도 이해하고 있는 읽는 이를 대상으로 하느냐에 따라서 제시하는 내용도 달라집니다. 그런데 이 학생은 스마트폰에 대해 잘 모르는 사람들에게 그에 대해 알려 준다고 하면서도 일반적인 설명에만 그쳐 스마트폰에 대해 잘 모르는 읽는 이들의 이해를 돕지 못했습니다. 읽는 이를 가정하고 쓰긴 했지만 읽는 이가 무엇을 모르고 있으며, 무엇을 알고 있는지에 대한 이해가 부족했던 것이지요.

핸드폰

양수빈(영덕중 2)

저는 제 핸드폰을 가장 소중하게 여깁니다. 핸드폰은 현대사회에 없어서는 안 될 필수품이 되었기에 휴대폰이 소중한 물건이라는 것은 다소 식상하고 나아가 당연한 것일지도 모릅니다. 그러나 저에게 핸드폰은 정말 소중한 물건이라고 생각합니다.

그 이유는 첫째로, 핸드폰을 통해 멀리 있는 사람과도 소통을 주고받을 수 있기 때문입니다. 그로 인하여 오히려 옆에 있는 사람과도 대화가 단절되는 부작용이 일어날 수 있지만 소통의 폭이 넓어짐으로써 위험할 때, 보고 싶을 때, 약속을 정해야 할 때와 같은 상황에서 그 어느 것보다 유용하게 쓰일 수 있습니다. 서로 간의 관계를 더욱 단단하게 다질 수도 있고, 만날 때는 기억이 안 났는데 헤어지고 나니까 할 말이 떠오른 경험은 누구나 한 번쯤 있을 것입니다. 핸드폰은 이러한 어려움을 해소시켜 우리 사회를 발전시키는 데 기여를 할 수 있을 것입니다.

다음으로, 휴대폰에는 매우 많은 기능들이 준비되어 있습니다. 범

죄를 예방할 수 있는 것은 물론이고 내비게이션 역할로 목적지까지 보다 안전하고 빠르게 도착할 수 있으며, 위치 추적으로 상대의 위치도 파악할 수 있습니다. 단순히 전화, 문자뿐만 아니라 우리의 따분함을 달래 주는 물건이기도 하고, MP3 없이도 음악을 듣고 게임을 하고 메모, 녹음도 하며, 노트북이나 컴퓨터 없이도 쇼핑이 가능하고 인터넷도 할 수 있는 핸드폰. 우리 삶에서 정말 유용하기 때문에 나날이 발전해 가고 진화해 나가고 있습니다.

마지막으로 휴대폰은 말 그대로 휴대하기가 정말 편리합니다. 주머니, 가방 속에 쏙 들어가고 한 손으로도 쥐어지는 핸드폰은 소지하고 있는 것만으로도 어렵지 않게 세상과의 소통을 증진시킬 수 있습니다. 굳이 무언가를 찾기 위해 책을 보고 사전을 볼 시간이 없어도 핸드폰 하나로 손쉽고 정확하게 정보를 찾는 것이 가능합니다. 이 모든 것이 우리의 한 손 위에 있는 작은 핸드폰이 하는 것이지요. 이처럼 핸드폰은 이제 현대인들의 소지품에서 나아가 필수품이 되어 버렸습니다.

수많은 장점을 지닌 핸드폰은 다른 사람들처럼 저에게도 정말 소중한 물건이 되었다고 생각합니다.

이 학생의 글에서는 스마트폰을 핸드폰, 휴대폰이라는 말로 사용하고 있습니다. 핸드폰이나 휴대폰이라는 말은 아마도 휴대하기 편리한 이

동 전화기라는 의미를 담고 있을 것입니다. 그래서 이 학생의 설명에서 많은 비중을 차지하고 있는 것 또한 언제 어디서나 쉽게 상대방과 소통을 즐길 수 있다는 점입니다. 휴대 전화기의 고유한 기능이 상대방과의 소통에 있기 때문에 이러한 기능을 중심으로 설명한 것은 적절합니다. 상대방과의 소통 기능 외의 다양한 기능을 묶어서 한꺼번에 설명하고 있는데, 앞서 학생이 설명한 내용에 비해 좀 더 구체적이어서 이해하기가 쉽습니다.

또한 앞의 학생이 쓴 글에 비해 휴대 전화기의 기능을 좀 더 자세히 설명하고 있어서 스마트폰을 잘 모르는 사람들의 이해를 돕는 데 도움을 주고 있습니다. 그러나 이 글 역시 스마트폰을 잘 모르는 사람이 읽기에 썩 친절한 글은 아닙니다. 예를 들어, 이 학생은 스마트폰의 기능을 칭찬하며 내비게이션이나 MP3를 예로 들고 있는데, 과연 스마트폰을 잘 모르는 사람이 그런 기능이 들어 있다는 이유만으로 스마트폰의 쓸모를 인정할 수 있을까요? 범죄를 예방할 수 있다는 것은 어떤 기능을 말하는지도 알 수가 없습니다. 그밖에도 스마트폰이 기존의 전화기와 어떤 점에서 다른지에 대한 설명도 필요합니다. 이렇게 보면 마지막의 휴대 기능에 대한 설명과 첫 번째 통신 기능에 대한 설명을 합쳐서 스마트폰의 핵심 기능을 이동 전화라는 측면에서 설명하는 것이 오히려 좋습니다. 그리고 이 통신 기기에서 어떻게 다른 부가 기능들이 더 늘어나고 서로 합쳐졌는지를 설명한다면 좀 더 체계적인 설명이 될 것입니다.

꼭 휴대 전화기가 아니더라도 늘 사용하고 있기 때문에 잘 알고 있다고 생각하는 물건들이 있습니다. 하지만 그러한 물건도 막상 모르는 사람에게 알려 주려고 하면 정말 우리가 이 물건에 대해 잘 알고 있는지 의문이 들 때가 종종 있지요. 우리가 늘 사용하고 있는 물건이라도 그것의 구조와 기능을 체계적으로 이해하고 이용하는 것은 아니기 때문입니다. 따라서 모르는 사람에게 어떤 물건을 소개할 때는 물건의 구조와 기능에 대해 좀 더 자세히 알아보고 모르는 사람의 입장에서 잘 이해할 수 있도록 쉽게 설명해야 합니다.

쓰기연습

1. 다음은 글쓴이 중심의 초고를 읽는 이 중심으로 수정한 글입니다. 초고의 내용이 수정본에서 어떻게 달라졌는지 이야기해 보세요.

• 글쓴이 중심의 초고

　신발은 육상을 하는 당신이 갖추어야 할 가장 중요한 장비이기 때문에 잘 선택해야 한다. 우선 신발에는 다양한 종류들이 있다. 트랙 경기용 러닝 슈즈는 경량으로 스파이크가 달려 있다. 그렇지만 노면에 닿는 신발 바닥 부분은 1/2인치에서 1인치 정도의 쿠션이 있으면서 재질이 단단하게 되어 있다. 많은 신발들에서 밑창은 다른 여러 재질의 층으로 구성되어 있다. 신발의 가장 바깥 부분인 갑피는 다양한 방식으로 만들어지는데 어떤 것은 가죽으로, 어떤 것은 가죽을 보강한 나일론으로, 그리고 값이 싼 것은 비닐로 되어 있다. 가장 좋은 재료 구성은 가죽을 뒤꿈치 부분에 덧씌운 나일론 제품이다. 러닝 슈즈의 가장 특징적인 점은 발뒤꿈치 부분을 높였다는 것과 스트라이프 줄무늬이다. 요즈음에는 테니스화에도 그러한 줄무늬를 넣지만 진짜 러닝 슈즈와 테니스화를 혼동하지 않는 것이 중요하다. 이 모든 면에서 좋은 러닝 슈즈는 유연성을 충분히 지니면서도 발을 단단하게 지탱해 줄 수 있어야 한다.

• 읽는 이 중심의 수정본

러닝 슈즈는 가장 중요한 육상 장비이기 때문에 당신의 발을 잘 지탱해 줄 수 있으면서 쿠션이 좋은 것을 선택해야 한다. 가볍고 약한 트랙 경기용 러닝 슈즈는 먼지를 내면서 정지 마찰을 일으키는 스파이크 때문에 적당치 않다. 균형감 있게 급제동할 수 있게 만들어진 테니스화도 안정적이지 못하다. 좋은 신발은 적어도 밑창이 1/2인치에서 1인치 정도의 두께로 되어 있다. 밑창의 가장 바깥층은 바닥에서 오는 충격을 흡수하고, 안쪽 층은 발에 쿠션을 준다. 쿠션의 또 다른 형태는 약간 높인 발뒤꿈치 부분으로, 이 부분에서는 상처 입기 쉬운 아킬레스건의 긴장을 풀어 주는 역할을 한다.

발을 지탱해 주는 신발의 바깥 부분인 갑피는 비닐이나 가죽 등으로 되어 있는데, 비닐은 가격은 싸지만 발에 물집이 생기게 하거나 아프게 한다. 가죽은 가볍기는 하지만 나일론 합성 가죽보다 값이 비싸다. 최고급 러닝 슈즈는 나일론과 가죽으로 된 것인데, 두툼할 뿐만 아니라 발목이 삐는 것을 막을 수 있도록 발뒤꿈치 부분에 꼭 맞는 가죽을 덧댄 것이다. 이 신발은 질기면서도 발 복사뼈까지 90도로 구부릴 수 있을 만큼 유연성이 탁월하다. 대부분의 러닝 슈즈가 스트라이프 줄무늬 모양을 하고 있더라도 스트라이프 무늬를 한 모든 신발이 당신에게 쿠션감을 주는 것은 아니며, 더욱이 달리기를 하는 당신을 유연하게 받쳐 주진 못한다.

2. 다음 글을 읽고 글쓴이가 읽는 이를 어떻게 생각하고 있는지 읽는 이 입장에서 평가해 보세요.

9시 등교, 찬성합니다

솔직히 공익광고에서 아침 먹으라고 떠벌떠벌 대시는데 8시 30분까지 가려면 적어도 10~20분 전에 나와야 되는데 준비하는 시간까지 합하면 아침 먹을 시간이 없어요.

그럼 일찍 일어나라고들 하시는데 아침 먹을 시간까지 고려하면 나라에서 권장하는 청소년 수면 시간에 못 미쳐요. 애들 학원 가는 시간 때문에 못 바꾼다는 얘기가 있는데 아니, 공교육이 사교육에 밀리는 게 말이 됩니까?

국가가 원하는 청소년의 생활은 편안하게 자고 일어나서 아침 먹고 개운한 마음으로 등교하는 건데, 이 꿈같은 일이 벌어지려면 9시 등교를 해야 돼요.

경기도에서 9시 등교 나왔을 때 말이 많았어도 지금은 잘도 9시 등교하잖아요. 서울이라고 안 되나요? 솔직히 이런 건 격식을 갖춰야 하는데 전 강경하게 말하고 싶습니다. 9시 등교, 찬성합니다.

4

솔직하게 쓰려면
어떻게 해야 하나요?

내용 선정

여러분이 쓰고 싶은 것이라면 무엇이든지, 정말 뭐든지 써도 좋다.
단, 진실만을 말해야 한다.

- 스티븐 킹 -

　'글은 어떻게 쓰는 것이 좋은가?'라는 물음에 대한 답변으로 가장 많이 하는 말은 아마도 '솔직하게 써라'일 겁니다. 그러나 막상 펜을 들고 글을 쓰려고 하면 어떻게 쓰는 것이 솔직하게 쓰는 것인지 알 수 없을 때가 많습니다. 솔직하게 쓴다는 것은 대체 어떻게 쓰라는 말일까요? 먼저 자신의 생각과 느낌에 솔직해야 한다는 뜻입니다. 글은 자기 노출, 즉 남에게 나를 드러내 보이는 행위입니다. 그런데 자신의 좋은 점을 드러내 보이고, 좋지 않은 점은 가리고 싶어 하는 것이 사람의 마음입니다. 자신의 좋은 점만을 드러내고, 좋지 않은 점을 가리게 되면 본래의 자신과 다른 모습을 보여 주게 됩니다. 솔직하게 쓴다는 것은 이처럼 남을 의식해서 자신의 모습을 치장하지 않는다는 것을 의미합니다.

　다음은 대학 작문교육론 시간에 한 학생이 쓴 글의 일부입니다.

고등학교에 다니던 시절이었다. 선생님께서 야영 소감에 대해 글을 쓰라고 하시면서 단순히 '재밌었다.', '좋은 경험이었다.'라고만 쓰지 말고, 안 좋았던 점이 있었으면 솔직하게 그것에 대해서 쓰라는 말과 함께 예시 글을 보여 주셨다. 교장, 교감 선생님의 행동이 학생들 입장에서 싫었던 점 등과 함께 적나라하게 자신의 생각과 느낌을 쓴 글이었다.

그게 고1 때의 일이었는데 그 당시에는 충격이었다. 그전에는 어떻게 하면 바람직한 학생으로 보일 수 있을지 신경 쓰면서 글을 썼었고, 내가 한 경험에서 무엇을 배웠는지에 대해 좋은 표현으로 풀어내기 바빴기 때문이다. 그렇지만 역설적이게도 야영 소감문을 쓰는 동안에도 내가 느낀 점을 있는 그대로 다 풀어내는 것이 아니라 '느낀 그대로' 서술한 것처럼 보이기 위해 노력하고 있었다.

어린아이의 경우에는 자신의 감정을 치장하거나 꾸미지 않습니다. 상대방을 의식해서 자신의 감정을 조절하지도 않지요. 이런 어린아이의 자기중심적인 솔직함은 주변 사람들을 힘들게 하기도 합니다. 하지만 그래도 우리는 어린아이들의 이 순수함을 찬양합니다. 적어도 어린아이들은 거짓을 말하지 않으니까요.

그런데 언제부터 우리는 자신을 치장하는 글쓰기에 익숙해진 것일까요? 아마도 초등학교 때의 일기나 독서 감상문 쓰기에서부터 시작된 것은 아닐까 싶습니다. 초등학교 때 썼던 일기는 항상 '참 보람 있는 하루였다.'는 긍정적인 평가나 '앞으로 좀 더 열심히 생활해야겠다.'는 다짐으로 끝나곤 합니다. 독서 감상문 역시 마찬가지입니다. '참 재미있었다.'라든지, '이 책을 읽고 ○○○을 깨달았다.'는 식의 교훈적인 표현으로 마무리 짓곤 했습니다. 이런 습관이 글이란 으레 좋은 점이나 교훈적인 것을 찾아 적는 것으로 생각하게 만든 것은 아닐까요?

앞의 글도 이와 비슷합니다. 선생님이 야영에 대해서 느낀 점을 솔직하게 쓰라고 했지만 학생들은 부정적인 면을 쓰는 데 부담을 느끼지 않을 수 없습니다. 이 선생님의 경우 학생들을 잘 이해하기 때문에 그런 편견이 없을 거라고 생각하지만, 다른 선생님들이 읽을 수도 있기 때문에 부담이 전혀 없는 것은 아닙니다. 이처럼 자신의 감정을 솔직히 표현한다는 것은 위험을 감수하는 일이기도 합니다. 더구나 글은 말처럼 금방 없어지는 것이 아니라 기록으로 남는 것이기 때문에 더욱 조심스럽습니다.

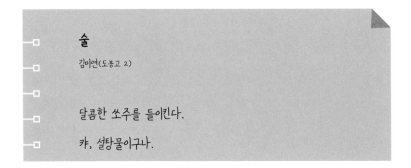

술

김미연(도봉고 2)

달콤한 쏘주를 들이킨다.
캬, 설탕물이구나.

오뎅탕에 오뎅 하나 먹고 또 들이킨다.

캬, 맛있구만.

쏘주는 이제 지겨워

쏘맥으로 달린다.

나는 개가 되었다.

멍멍 월월

친구들은 나를 질질 끌고 간다.

마치 짐짝처럼

　앞의 시를 선생님들에게 보여 주자 두 가지 반응이 나타났습니다. "시 참 재미있게 잘 썼다."라는 반응과 함께 "이런 시를 어떻게······."라는 반응이었습니다. 뒤의 반응은 시는 잘 썼는데 이런 시를 학생들이 쓰도록 허락해야 할 것인지, 그리고 학생들에게 이런 시를 잘 썼다고 칭찬해도 되는지 고민이라는 것이었습니다. 잘 썼으면 잘 썼고 못 썼으면 못 쓴 것이지 '잘 썼는데······.'는 도대체 뭘까요. 이 말 속에는 이런 시를 학생들에게 권장할 만하지는 않다는 판단이 깔려 있습니다. 이 시를 쓴 학생도 먼저 선생님한테 술에 대해 써도 되느냐고 질문을 했고, 어떤 주제도 괜찮다는 허락을 받은 다음에야 비로소 쓸 수 있었습니다. 글쓰기는

공동체와 소통하는 행위입니다. 따라서 자신의 생각과 느낌을 솔직하게
표현할 때에도 공동체의 반응을 의식하지 않을 수 없습니다.

나는 17살

이성덕(도봉고 1)

자석의 N극과 S극인 양

붙어 다니는 커플들을 보면

똥도 안 마려운데 심하게 아파지는 내 배

너는 왜 여자 친구 없냐며 화까지 내는 내 배

서럽다.

커플들을 볼 때마다 나는 다짐한다.

'이번 해가 가기까지 반드시 만든다.'

나는 17살

공부하려고 책상에 앉으면

여러 빨간딱지 동영상들이 나를 유혹한다.

야심한 밤

TV를 켜면 어김없이 나오는 빨간딱지 영상물

또다시 복잡해지는 내 머리

'이, 이러면 안 돼!'
'10분만 더 보자.'

나는 17살
17살은 정말 힘든 나이다.

이 시는 한 남학생이 쓴 것입니다. 남학생들이라면 누구나 경험했을 법한 주제를 다루고 있어 또래의 읽는 이라면 공감하면서 읽을 수 있습니다. 그런데 만일 여러분에게 이런 글을 쓰라고 하면 어땠을까요? 아마 이 남학생처럼 쉽게 용기를 내기 어려웠을지도 모릅니다. 남들이 어떻게 생각할까 하는 걱정 때문에 자신의 감정을 감추거나 에둘러 표현하는 경우가 많기 때문이니까요. 이처럼 솔직하게 자신을 드러낸다는 것은 때로 위험을 받아들이는 용기를 필요로 합니다. 그러나 바로 그와 같은 이유로 공동체에 미치는 영향이 큰 것 또한 사실입니다. 이런 표현이 적극적으로 이루어져야 학생들이 느끼는 욕구를 무조건 억압하거나 비난하지 않고, 이해하고 존중하는 사회 분위기가 형성될 수 있기 때문입니다.

앞서 예를 들었던 야영 소감문의 경우도 마찬가지입니다. 야영에서 학생들이 느낀 점을 솔직하게 표현해야 야영의 좋은 점과 나쁜 점을 학교 선생님들이 잘 이해할 수 있습니다. 그래야 야영의 좋지 못한 점을 개선해서 더 나은 야영 문화를 만들어 갈 수 있습니다. 「술」이라는 시도 마찬가지예요. 학생은 술을 마셔서는 안 된다는 사회의 일반적인 생각에 따르면 술 마신 학생의 이야기는 분명히 충격적입니다. 그러나 사실 많은 학생들이 술을 마시고 있는 것이 현실이기 때문에 이러한 현실을 인정하지 않거나 외면한다고 해서 문제가 해결되지는 않습니다. 따라서 이 시는 학생들의 술 마시는 문화에 대한 사회적 관심을 불러일으킬 수 있습니다.

이처럼 자신의 생각과 느낌을 솔직하게 표현하는 것은 공동체에 충격을 줄 수도 있지만, 결국은 사회를 개선하고 발전시키는 데 도움이 됩니다. 어떤 상황에서는 공동체에 미치는 충격이 클수록 오히려 사회적 도움이 큰 글이 될 수도 있습니다. 그렇기 때문에 자신의 글이 다른 사람들에게 충격을 줄까 봐 미리부터 염려하지 않아도 됩니다. 우리가 생각하는 공동체의 읽는 이는 편견에 가득 찬 읽는 이가 아니라, 건전한 상식을 갖추고 있으며 합리적 사고를 하는 읽는 이입니다. 그러므로 솔직한 글에 대해 비난할 사람은 많지 않습니다.

또한 자신의 생각과 느낌을 솔직하게 표현하는 것은 자아 존중감을 높이는 데도 도움이 됩니다. 자신을 치장하거나 숨기는 것은 그만큼 자아 존중감이 약하다는 것을 의미합니다. 뿐만 아니라 자아 존중감을 높일 수 있는 기회조차 없애는 것입니다. 따라서 자신의 생각과 느낌을 솔직하게 표현하는 것은 개인의 성장과 사회의 발전에 도움을 주는 일입니다. 글쓰기를 자기표현 행위이면서 사회적 실천 행위라고 하는 것도 이 때문입니다.

앞서 우리는 솔직하게 쓰는 것은 자신의 생각과 느낌을 있는 그대로 드러내는 것임을 확인했습니다. 그러나 글의 내용이 꾸밈없다고 해서 솔직한 글이 되는 것은 아닙니다. 솔직하게 쓰라는 것은 진솔한 표현을 사용하라는 것으로도 이해할 수 있습니다. 결국 글이라는 것은 어휘의 선택과 문장의 구성으로 이루어지는 것입니다. 그러므로 어휘의 선택과 문장 표현에서 멋지고 화려한 것을 추구하지 말고 진솔한 것을 추구하라는 의미로 이해할 수 있습니다. '같은 값이면 다홍치마'라고 이왕이면 화려하고 멋진 옷이 좋습니다. 하지만 글은 옷과 달라서 멋있고 화려한 어휘나 문장을 선택하는 순간 그 내용마저 사실과 다르게 해석될 가능성이 높습니다. 예를 들어, 한 남학생이 마음에 드는 여학생에게 편지를 보내면서 "내 마음은 호수요, 그대 배 저어오오."라는 표현을 썼다고 해보죠. 나름 운치 있게 시 구절을 인용했는데 과연 여학생의 반응은 어떨까요?

요즘 여학생들이라면 "웬 호수? 너 뭐 잘못 먹었냐?"라는 응답을 듣기 쉽습니다. 고리타분한 시 구절을 들먹여서라기보다는 말하는 이의 감정이 지나치게 과장되어 있기 때문일 겁니다. 여학생에게 느끼는 남학생의 감정은 일단은 호기심과 관심 정도일 테지요. 서로에 대한 관심을 알아보는 단계에서 이러한 표현은 적절하지 못한 것으로 판단할 수 있습니다. 따라서 어떤 어휘나 문장을 선택할 것이냐 하는 것은 나의 생각과 느낌이 무엇이냐에 의해 결정되는 것입니다. 다시 말해 자신의 느낌과 생각을 정확하게 표현하는 데 중점을 두어야지, 그것을 멋있고 화려하게 표현하려고 할 경우 자칫 자신의 느낌과 생각까지 사실과 달라질 수 있습니다.

(가) 조○○은 감수성이 풍부한 소녀입니다. 밤하늘에 총총히 떠 있는 별을 보며 깊은 시름에 잠기기도 하고 행복함을 느낄 줄 알며, 힘들어하고 불쌍한 것들에 대한 연민을 느끼며 혼자서 괴로워하거나 눈물도 웃음도 잦은 소녀입니다. 때론 저의 이러한 특징 때문에 시도 때도 없이 웃거나 눈물을 흘려 불편한 점이 다소 있지만 이 풍부한 감정이 제가 문학을 좋아하게끔 이끄는 것이라고 생각합니다. 글을 읽으며 웃음을 짓고, 때론 분함을 느끼고 눈물을 흘리는 것이 저에게 큰 즐거움이기 때문입니다.

– 자기소개서 중에서(2013년)

(나) 중학생이었던 시절, 이불 속에서 후레쉬를 비추어 가면서 보던 한 소설이 떠오른다. 그 소설은 나의 동생으로부터 추천받은 책이었는데, 어머니는 이 말을 듣자마자 "시험 끝나면 읽어라. 지금은 공부해."

하고 말씀하셨다. 하지만 무엇인가 금단이라 명해 놓으면 더욱더 그 것에 매력을 느끼지 않는가? 그 책이 어떤 이야기를 담고 있을지 너무 궁금해 엄마, 아빠, 동생이 모두 잠이 든 야심한 밤에 이불을 폭 뒤집 어쓰고 몰래몰래 그 책을 읽기 시작했다. 예상했겠지만 얼마 뒤 아이를 키울 땐 매로 다스려야 한다는 원칙을 가지고 계신 어머니에게 그 장 면을 목격당했다. 덕분에 모두가 자는 야심한 밤에 얼차려를 한 상태 로 엉덩이 맴매를 당하고, 딸이 무슨 컴퓨터 게임이나 휴대폰 문자를 한 것도 아니고 책을 읽는데 이렇게까지 체벌을 하실 필요가 있을까 하는 생각에 매우 서러워 베개를 적시던 그 사건. 이렇게 어렸을 시절 엔 책을 읽지 말라고 해도 알아서 찾아 읽는 책을 아주 좋아하던 소 녀였다.

— 작문교육론 과제 중에서(2014년)

앞의 글은 한 학생이 자기에 대해 쓴 서로 다른 글의 일부입니다. 여 러분은 어떤 글이 더 공감이 가는 글이라고 생각하나요? 이 학생에게 "너 정말 밤하늘에 총총히 떠 있는 별을 보며 깊은 시름에 잠기기도 하고 그랬니?"라고 물어봤지요. 그러자 "아니 뭐, 말이 그렇다는 것이지 실 제로 그런 것은 아니에요."라고 하며 깔깔 대고 웃었답니다. 이 학생은 (가) 글을 쓴 다음에 과거에 자신이 이런 글을 썼다니 너무 오글거린다고 말했습니다. 취향에 따라서 (가)와 같은 글을 선호하는 사람들도 있을지 모릅니다. 그러나 (가) 글은 자기 이야기라기보다는 문학소녀 일반의 특징을 상투적으로 표현한 것일 뿐입니다. 그에 비해 (나) 글에는 자신의 경험이 온전히 드러나 있어서 이 학생이 어떤 사람인지 훨씬 더 잘 이해할 수 있습니다.

따라서 읽는 이의 관심을 끌 만한 참신한 표현이나 멋진 표현을 찾아 고민하기보다는 자신의 생각이나 감정에 충실하게 표현하기 위해서 노력해야 합니다. 사실 자신의 생각이나 감정을 충실하게 표현한다는 것이 말처럼 쉽지만은 않습니다. 우리의 생각이나 느낌은 흐릿한 그림처럼 형성되어 있기 때문입니다. 이 머릿속의 흐릿한 그림이 언어를 만나야 확실한 의미가 됩니다. 따라서 자신이 선택한 어휘와 문장이 머릿속 그림을 충실히 반영하고 있는지, 다시 말해 내가 받은 그 느낌과 생각에 일치하는지를 고민해야 합니다. 우리가 어떤 언어를 선택하느냐에 따라 표현하고자 하는 생각과 느낌 자체가 달라지기 때문이지요.

이처럼 솔직하게 쓴다는 것은 내용과 표현에 두루 적용되는 원칙입니다. 내용 면에서 보면 나의 생각과 느낌이 공동체와 충돌할 것이라는 걱정에서 벗어나 자유롭게 쓴다는 것을 의미합니다. 표현 면에서 보면 내가 선택한 어휘나 문장이 실제 내 머릿속의 그림을 온전히 반영하도록 힘써야 한다는 것을 의미하지요. 글쓴이는 자신의 생각과 언어 사이의 혼란, 그리고 자신의 생각과 공동체 사이의 혼란을 동시에 극복해야 합니다. 따라서 이러한 두 가지 혼란을 극복하고 나온 글은 자신과 공동체 모두에게 큰 영양분이 됩니다. 그런 까닭에 베이컨은 "글쓰기는 생각을 정교하게 만든다."라고 했답니다.

쓰기연습

1. 다음은 백일장에서 학생들이 쓴 시입니다. 이 두 시를 읽고 공감할 수 있는
지 그 이유를 들어 이야기해 보세요.

나를 슬프게 하는 것들

아무것도 모르고 해맑게 웃는
어린아이의 모습

아스팔트 속에 피어난
차가운 민들레 꽃 한 송이

달빛 아래 슬프게 우는
늑대 울음 소리

바다 위 끝없이 펼쳐진
푸른 하늘 속 갈매기 한 마리

소리없이 우는
강아지 눈물 한 방울

모든 사소한 것들이
나를 슬프게 한다.

우리를 슬프게 하는 것

나를 슬프게 하는 것은
홀로 하늘을 나는 새가 아니다.

나를 슬프게 하는 것은
혼자만 하늘에서 내려오는 별똥별이 아니다.

나를 슬프게 하는 것은
무리에서 혼자 떨어진 새끼 사슴이 아니다.

나를 슬프게 하는 것은
혼자라는 생각이다.
세상에 나 혼자라는 생각.

2. 다음 두 시를 읽고 '솔직한 표현'이라는 측면에서 좋은 점과 좋지 못한 점을 이야기해 보세요.

노출의 계절   다이어트

여름이 다가왔다.   다이어트 하려고
거리를 떠다니는   밥을 한 끼 굶었더니
짧은 치마들   꼬르륵
아찔아찔

                            다이어트 하려고
치마 속이   밥을 두 끼 굶었더니
보일 듯 말 듯   꼬르륵 꼬르륵
시선이 따라가고
심장은 콩닥콩닥   다이어트 하려고
                            밥을 세 끼 굶었더니
내 앞을   꼬르륵 꼬르륵 꼬르륵
지나가는
짧은 치마들   다이어트 하다가
아슬아슬   병이 나서
                            앰블란스 오더니
치마 속이   삐용삐용
궁금해서
시선이 따라가고
심장은 두근두근

3. 다음은 솔직하게 쓰는 것이 중요하다는 주장에 대해 반론한 글입니다. 이 글에 대한 자신의 생각을 이야기해 보세요.

글을 솔직하게 쓰는 것은 중요하다. 진심은 글에서 유독 빛을 발한다. 그러나 우리는 일기나 편지글처럼 가장 솔직한 글을 쓰면서 "나 글 쓴다."라고 말하지 않는다. 솔직한 내용을 어떻게 전달할까에 대한 고민도 분명 필요하다. 그것이 지나치게 화려하고 멋질 필요는 없지만 어느 정도 꾸미고 어느 정도 멋질 필요는 있다는 뜻이다. 그렇게 해야 내가 전달하고자 하는 솔직한 나의 생각 또한 효과적으로 독자에게 읽힐 수 있기 때문이다. 겪은 일과 내 생각을 있는 그대로 전달한다고 해서 독자가 그것을 온전히 다 받아들일 수 있을지는 미지수다. 그렇기 때문에 작자는 안전장치인 표현과 플롯 구성 등에 심혈을 기울이는 것인데, 같은 이야기일지라도 플롯과 표현에 따라 맛깔난 작품이 한 편 탄생할 수도 있다.

5

글의 처음과 끝이
자꾸 달라져요

내용 조직

5

짧은 글은 한 가지의 테마로 작성되어야 하며,
그 안에 있는 모든 문장들이 그 테마와 일맥상통해야 한다.

- 에드거 앨런 포 -

글은 말을 글자로 쓴 것이기 때문에 뜻을 전달하고자 하는 기능은 같습니다. 그러나 상황과 매체가 다르지요. 글쓰기에서 글쓴이는 머릿속으로만 대화를 나눌 뿐, 실제로 읽는 이와 대화를 나누기 어렵습니다. 읽는 이 또한 글쓴이가 글을 다 썼을 때만 읽어 볼 수 있을 뿐, 직접 대화를 나누기는 어렵습니다. 이런 상황 맥락의 차이 때문에 글은 내용의 일관성을 갖추지 않으면 읽는 이가 이해하기 어렵습니다. 말을 할 때는 듣는 이의 반응에 따라 화제를 즉각적으로 바꾸어도 문제가 되지 않지만, 글에서는 중간에 화제를 바꾸면 읽는 이가 혼란을 겪게 됩니다. 읽는 이는 오직 글을 통해서만 글쓴이의 뜻을 파악할 수 있습니다. 그러므로 글의 내용이 일관성 있고, 체계적으로 구성되어 있어야 제대로 이해할 수 있습니다.

"누구야?"

"몰라. 나도 얼굴 책 보다 발견했어. 호주 농부라는데?"

"헐, 진짜 잘생겼다. 완전 조각이네, 조각!"

"그치? 나 마치고 집에 가면 당장 여권 챙길 거야. 이 사람 옆에 서라면 평생 풀을 뽑아도 행복할 거 같아."

"ㅋㅋ 맞아. 밭 매면서 아이 엠 해피~♡ 아이 러브 유~♡가 저절로 나올 거 같다. 야, 나 이 사람 사진 좀 보내 줘. 아이패드에 저장하게."

"그래그래. 좋은 건 나눠야지."

"그런데 너희들 오늘 중간시험 결과 나온 거 봤어?"

"벌써 나왔어?"

이 대화 내용을 보면 채 몇 문장이 되지 않음에도 대화의 주제가 계속 바뀌는 것을 알 수 있습니다. 이 대화는 사진 속 인물이 누구냐는 질문으로 시작되지만 질문에 대한 답은 나오지 않은 채 생김새에 대한 이야기로 넘어갑니다. 또다시 호주에 가서 풀을 뽑으며 살아도 좋겠다는 느낌을 표현하는가 싶더니 사진을 보내 달라는 이야기로 급하게 마무리되지요. 그러다가 말하는 이 중 한 사람이 시험에 대한 이야기를 꺼내자 금세 시험으로 대화의 주제가 바뀌었습니다. 이처럼 대화에서는 내용의 일관성이 전혀 지켜지지 않더라도 이해하는 데 별 어려움은 없습니다. 말하는 이들이 같은 상황을 공유하며 계속 대화를 이어 가고 있기 때문입니다.

이 대화에서 말하는 이들은 사진 속 남자에 대해 한창 수다를 떨다가 갑자기 한 말하는 이가 말을 끊고, "오늘 중간시험 결과 나온 것 봤어?"라고 말합니다. 그리고 이에 대해 다른 말하는 이가 긍정적으로 응답하기 시작하면서 시험으로 자연스럽게 화제가 바뀝니다. 내용의 일관성이라는 측면에서 보면 매우 혼란스럽지만, 대화 중에는 이런 일이 흔히 일어나고 또 크게 문제가 되지도 않습니다.

그러나 이러한 일들이 글쓰기에서는 허용되지 않습니다. 글의 내용이 말을 할 때처럼 왔다 갔다 하면 읽는 이는 글쓴이의 의도를 파악하기 어렵습니다. 따라서 글을 쓸 때는 내용의 일관성을 유지하는 것이 중요합니다. 내용의 일관성을 유지하기 위해서는 하나의 문장이나 문단이 통일성 있게 구성되어 있어야 하고 문장과 문장, 문단과 문단의 연결이 자연스러워야 합니다. 그래서 한 편의 글은 비록 여러 개의 문장과 문단으로 구성되어 있지만, 하나의 주제로 긴밀하게 통합되어 있습니다.

논술 시험의 문제점

남궁다원(도봉고 2)

(가) 얼마 전 신문에 현행 논술 시험의 난점을 드러내는 기사 하나가 실렸다. 전 이화여대 석좌교수인 이어령 박사가 지금의 논술 문

제는 너무 어려워 수십 년간 글을 써 온 본인도 풀기 어렵다는 내용이었다. 교수의 지적대로 현행 논술 시험은 날로 그 난이도를 더하고 있다. 실례로 서울대는 올해 논술 시험에서 7개의 제시문을 주고 '경쟁의 공정성'을 논하는 글을 작성하도록 했고, 연세대에서는 4개의 제시문에, 공통 주제는 학생 스스로 찾는 새로운 형식의 논술 시험을 도입하기도 했다. 뿐만 아니라 각종 철학적이고 원론적인 성격의 논제는 고등학교 졸업을 앞둔 수험생에게는 매우 낯설고 대처하기 너무 어려운 측면이 있다.

(나) 논술 시험이 갈수록 어려워지는 원인은 정부가 공교육을 활성화시키기 위한 방침으로 대학의 본고사를 금지하는 등의 대학별 입시 제도를 제한했기 때문이라는 견해도 있다. 이러한 시점에서 각 대학에서 원하는 창의성, 지적 수준을 갖춘 인재를 선발하기 위해 본고사 격인 논술 시험의 난이도를 높여서라도 우수한 학생을 가려내겠다는 입장인 것이다. 더 나은 인재 선발의 필요성을 전제로 하여 결국 현행 논술 시험이 지금의 난이도를 벗어날 수 없다면 이제는 공교육의 차원에서 논술 시험에 대한 체계적인 대비가 뒤따라야 할 필요가 있다.

(다) 현행 논술 시험 난이도의 상향은 그에 대처할 공교육의 부재로 그 문제가 더욱 가중되고 있다. 한편 그 문제 자체를 풀이하는 데 앞서 '논술' 전반의 기초적이고 체계적인 지식과 경험의 결핍으로

청소년 거침없이 글쓰기

수험생들이 더욱 난항을 겪고 있는 것이다.

(라) 그간의 공교육은 학교 내신에 대비할 교과목 학습을 중심으로 하고, 대입을 위해 좀 더 심화된 내용으로 수능 준비를 하는 정도였다. 예전은 지금과 같이 논술 시험의 비중이 크지 않았기 때문이다. 결과적으로 급격하게 변화된 대학 입시 전형 때문에 그를 준비할 수단으로서의 교육과정이 괴리된 것이다. 또한 자신에게 해당하는 교과의 교육만을 담당하던 교사들이 이같이 새로운 변화에 스스로를 혁신시키기에 쉽지 않고, 논술 수업을 병행한다고 해도 교사들 역시 그간의 교육 방법에 익숙해져 수험생들만큼이나 논술 교육에 대한 총체적 지식이 부족한 탓에 그에 따른 전문성이 결여될 우려가 있다. 너무 앞서나간 교육 방침이 일종의 지체 현상을 일으킨 것이다.

(마) 이러한 지체를 극복하기 위해서는 논술 교과에 대한 연구와 전문적인 교육이 가능한 교원의 배출이 시급하며, 이와 관련한 교원 연수가 뒤따라야 한다. 이후에 통합 교과형 논술 시험에 대비해 각 과목에 논술 형태의 심화된 교육이 수반되어야 하며, 경우에 따라 '논술' 교과에 시간 할당이 필요하다.

(바) 교육은 '백년지대계'라는 말이 있다. 나라를 이끌어 갈 인재를 양성하는 데 그 목적을 두고 있는 만큼 다른 어느 사항보다도 신중하게 결정해야 한다는 의미이다. 하지만 현재 너무하다 싶을 정도

로 수시로 바뀌고 있는 것이 우리나라의 교육 정책이다. 그중에서도 언제 바뀔지 모르는 모래성 위에 있는 것이 현행 대학 입시 제도이다. 그 속에서 비중을 더한 '논술'에 대한 사안은 작은 흔들림에도 모든 수험생들을 불안하게 한다. 좋은 인재 발굴을 위해 도입된 좋은 취지의 평가 방법이라면, 그것이 안정적으로 진행될 수 있도록 그 토양을 굳건히 하는 것이 정부, 공교육이 해야 할 일이다. 올바른 교육을 위해 백년을 고민하라는 선조들의 가르침을 잊지 말자.

이 글은 사회적 현상에 대해서 자신의 생각을 정리한 글입니다. 문필가로 널리 알려진 이어령 교수의 말을 빌려 문제 제기를 한 것도 효과적이고, 주장하는 내용이 학생들 대다수가 갖고 있는 문제의식을 반영하고 있기 때문에 공감을 불러일으키기에 충분합니다. 그런데 계속 글을 읽어 나가다 보면 논지를 일관성 있게 이끌어 가지 못하고 있어서 혼란스러운 부분이 많습니다. 예를 들어, '논술 시험의 문제점'이라고 제목을 붙였기 때문에 논술 시험의 여러 가지 문제점을 중심으로 글이 전개될 것이라고 생각했습니다. 그런데 주된 내용은 학교에서 논술을 제대로 준비하지 못하고 있으므로 공교육에서 대책을 세워야 한다는 것입니다. 이 글의 흐름을 보면 다음과 같습니다.

(가) [문제 제기] 논술 시험이 고등학생들에게 낯설고 대처하기
    어려움.

(나) [문제 원인] 본고사를 금지한 정부의 정책으로 논술 시험이
    어려워졌다.

(다) [문제 제기] 논술 시험에 대한 공교육의 부재로 수험생들이
    어려움을 겪고 있다.

(라) [문제 원인] 그간의 공교육에서 교사들은 논술 시험에 대한
    준비가 미흡하다.

(마) [문제 해결] 논술 교과에 대한 연구와 교원 연수를 통해서 논
    술 교육이 이루어져야 한다.

(바) [문제 해결 촉구] 논술 시험이 안정적으로 진행될 수 있도록
    정부에서 고민해야 한다.

이렇게 논지의 흐름을 정리하고 보면 이 글은 [문제 제기]와 [문제 원
인]이 두 단락에 걸쳐서 제시되어 있고, [문제 해결]은 한 단락에서만 제
시되었다는 것을 알 수 있습니다. (가)에서는 논술 시험이 어렵다는 문제
와 그로 인해 수험생이 힘들다는 문제가 제기되었고, (나)에서는 논술 시
험이 어려워진 원인으로 정부에서 본고사를 금지한 것 때문이라는 점을
들었습니다. 그런데 여기서 갑자기 논술 시험의 난이도 조절이 어렵다면
학교에서 대비를 해야 한다는 문제로 바뀌었습니다. 그래서 (다)에서 다

시 '공교육의 부재'라는 문제를 제기하고 (라)에서 교사의 전문성 부족 등의 원인을 밝힌 뒤, (마)에서 해결 방안을 제시하고 (바)에서 정부의 안정적인 대책을 주문하며 마무리했습니다.

이 학생은 (가), (나) 단락을 통해서 논술 시험의 문제점을 비판하고자 했던 것으로 보입니다. 그런데 정부의 정책에 대한 대학의 대처 방식에 대해서 비판을 하지 않고 받아들였습니다. 그래서 비판적인 방향은 사라지고 공교육에서의 대비를 강조하며, 그 방향에서 다시 논의를 전개하고 있습니다. 논술 시험에 대한 비판을 감당하기 어렵다고 판단하고, 학생의 입장에서 학교에서의 논술 대비를 강조하는 방향으로 논의를 전개한 것이지요. 그 결과 글머리에서는 논술 시험에 대한 강도 높은 비판으로 크게 시작했으나 결론은 공교육에서의 대비를 강조하는 식으로 끝나 버렸습니다. 그러고는 자신도 이런 식으로 끝내기가 좀 서운했는지 마지막 단락에서 다시 정부의 정책 문제를 지적하면서 문제 해결을 촉구했습니다.

이 학생이 처음에 제시한 논술 시험의 문제는 사실 대학에서 논술 시험을 지나치게 어렵게 출제한다는 것이었습니다. 대학에서 학생 선발을 위해 고등학생들이 풀기 어려운 문제를 출제한다면, 대학이나 이러한 대학의 논술 시험을 방치하는 정부의 정책에 대해 비판을 해야 한다는 것입니다. 그러나 글쓴이는 출제의 문제를 제기하고도 이를 다루지 않고 교육 문제로 바꾸어 버렸습니다. 제목을 '논술 시험의 문제점'이라고 붙인 것도 애초의 문제의식을 반영한 것으로 보입니다. 그러나 결국 이 글에서 다룬 것은 시험의 문제가 아니라 교육의 문제였습니다. 그렇기 때문에 여전히 출제의 문제는 해결되지 않은 채 남아 있습니다. 이는 결국 글쓴이가 논의를 일관성 있게 이끌어 가지 못했기 때문입니다.

공부가 전부인 우리 사회를 바꾸자

안재현(도봉고 1)

(가) 도대체 공부는 왜 하는 것일까? 대한민국 학생이라면 누구나 이런 생각을 한 번쯤은 해 보았을 것이다. 물론 세상에는 공부하기를 좋아하는 사람도 있을 테지만 모두가 그렇지는 않다. 오히려 공부하기를 싫어하는 사람이 좋아하는 사람보다 수백 배, 수천 배 더 많지 않은가. 사람마다 좋아하고 잘하는 것이 모두 다를 텐데 왜 그런 것들은 완전히 무시된 채 매일매일 하기도 싫은 공부만 해야 하는지 이해가 되지 않을 때가 한두 번이 아닐 것이다.

(나) 지금 우리 사회는 철저하게 공부 잘하는 사람만을 우대해 주고 있다. 이러한 현실은 우리의 대학 입시 상황을 살펴보면 쉽게 알 수 있다. 예를 들어 동물을 너무 좋아해서 수의대에 가고 싶어 하는 학생이 있다고 하자. 그런데 공부를 잘하지 못해 수능에서 수의대에 갈 만한 성적을 얻지 못했다면, 그 학생은 재수를 선택하지 않는 이상

그대로 수의사의 꿈을 포기할 수밖에 없다. 수의사가 되기 위한 가장 중요한 조건을 갖췄음에도 불구하고 단지 공부를 못한다는 이유만으로 수의사가 되지 못하는 것이다. 이게 바로 우리의 현실이다. 학생 개개인의 능력은 완전히 무시된 채 모두가 단 하나의 잣대로만 판단되고 있는 것이다.

(다) 그러면 이제부터 이러한 현실을 개선할 수 있는 방안을 생각해 보도록 하자. 사실 대한민국 학생들은 공부가 인생의 전부인 양 교육받고 있다. 집에서는 부모님이, 학교와 학원에서는 선생님들이 학생들의 머릿속에 끊임없이 공부를 잘해서 좋은 대학에 들어가야 한다는 생각을 주입시킨다. 이러한 상황에서 그 누가 "나는 공부하기 싫고, 나의 특기와 적성을 살리고 싶어요."라고 당당하게 말할 수 있겠는가. 만약 공부 말고 나의 다른 적성을 살리고 싶다고 부모님께 말씀드려서 허락을 받았다고 치자. 하지만 우리나라에는 공부 말고 학생들의 다른 소질을 살리기 위한 공교육 시설이 거의 없는 것이 현실이다. 예를 들어 학생들의 소질을 살리고자 설립된 애니메이션고나 조리 과학고 같은 경우엔 전국에 몇 개 있지도 않을 뿐더러 수업료도 무척 비싸다고 한다. 그리고 사회에 필요한 기술을 가르쳐 기술 인력을 일찍 사회에 배출하자는 취지에서 설립된 실업계 고등학교 또한 '공부 못하는 아이들이 들어가는 학교'라는 이미지로 인해 진짜 그쪽에 흥미가 있어도

꺼리는 학생들이 대부분이다. 그렇기에 그쪽 방면에 재능이 있어도 현실 여건상 그것에 관한 제대로 된 교육을 받지 못하는 학생들이 대다수이다. 만약 지금처럼 개인의 소질을 살릴 수 있는 공교육이 활성화되지 않는 한 지금의 현실은 절대로 개선될 수 없을 것이다.

(라) 그다음으로 다른 방안을 생각해 보면 우리나라에서는 학벌, 그러니까 출신 대학을 지나치게 강조하고 있다. 대학 졸업 후 취직을 하고자 할 때에도 기업에서는 일류 대학 순으로 사원을 뽑고 있다. 이러한 현실에서 누구나 일류 대학에 가고자 죽어라 공부하는 것은 어쩌면 당연한 결과일 것이다. 여기서 미국의 경우를 한번 살펴보도록 하자. 미국은 기업에서 사원을 뽑을 때 대학이 별 상관없다. 단지 들어간 대학에서 어떻게 했느냐에 따라 합격과 불합격이 결정되는 것이다. 만약 삼류 대학에서라도 좋은 성적을 받았다면 회사마다 두 손을 벌리겠지만, 하버드나 스탠포드 같은 일류 대학을 나왔을지라도 성적이 시원치 않다면 그대로 불합격 통지서를 받게 될 것이다. 우리나라 기업들도 미국의 기업처럼 한다면 이런 학벌 위주의 사고방식은 점차 사라지게 될 것이다.

(마) 지금까지 우리 사회의 현실과 개선 방안에 대해서 살펴보았다. 지금까진 공부를 잘하는 사람만으로도 나라를 유지할 수 있었을지 몰라도 이제는 그것이 절대로 불가능하다. 지금 세계는 무한 경

쟁이다. 학생들에게 오직 공부만을 고집하고 모두를 획일화시키는 이런 사회로는 다른 나라와의 경쟁에서 결코 살아남을 수 없다. 박세리와 박찬호, 조수미와 같은 사람들이 세계 무대에서 성공한 이유가 공부를 잘해서인지, 아니면 자신의 소질을 살려서인지 우리는 다시 한 번 생각해 보아야 할 것이다.

이 글을 잘 살펴보면 엉성한 부분이 적지 않습니다. "학생 개개인의 능력은 완전히 무시된 채 모두가 단 하나의 잣대로만 판단되고 있는 것이다."라는 문장에서는 '능력'이 아니라 '적성'이라는 단어를 써야 할 것입니다. 글쓴이가 주장하는 '단 하나의 잣대'라는 게 무엇인지도 분명치 않아 모호한 문장이 되어 버렸습니다. 다만 전체적인 문맥을 통해서 '공부'라는 것을 짐작할 수 있을 뿐입니다. 또한 "그러면 이제부터 이러한 현실을 개선할 수 있는 방안을 생각해 보도록 하자."라는 문장을 제시했으면서도 개선 방안보다는 문제점을 중심으로 서술하고 있어 당혹스럽습니다. 다행히 문제점 속에서 "개인의 소질을 살릴 수 있는 공교육이 활성화되지 않는 한 지금의 현실은 절대로 개선될 수 없을 것이다."라고 하는 개선 방안을 이끌어 내고 있기 때문에 심각하게 문제가 되는 것은 아닙니다. 이 글을 논리적인 흐름으로 구성해 보면 다음과 같이 정리할 수 있습니다.

(가) [문제 제기] 공부는 왜 하는가?

(나) [문제 원인] 대학 입시가 꿈보다는 성적을 더 중시한다.

(다) [부연 설명] 소질을 살리기 위한 교육 시설이 미흡하고, 이에
　　대한 인식도 부족하다.

(라) [문제 해결] 기업에서 학벌과 상관없이 인재를 뽑으면 된다.

(마) [해결 강화] 경쟁에서의 성공은 성적보다 소질에 있다.

이 글은 부적절한 단어의 사용이나 모호한 문장이 더러 섞여 있지만 논리적 구성에는 일관성이 있습니다. (가)에서 있었던 '공부는 왜 해야 하는가?'라는 문제 제기에 대해 (나)에서는 대학 입시가 성적 위주이기 때문이라고 응답했습니다. (다)에서는 개선 방안을 말한다고 했지만 사실은 개선 방안이 아니라 공부를 할 수 밖에 없는 이유를 (나) 단락에 이어 덧붙여 설명하고 있습니다. (라)에서는 학벌 위주의 인재 채용에서 벗어나야 한다는 해결 방안을 제시하였고, (마)에서는 이 주장을 더욱 강화하고 있습니다. 이렇게 논리적인 흐름을 보면 '문제 제기 → 문제의 원인 진단 → 해결 방안 제시'라고 하는 논리 구조를 선명하게 보여 주고 있어 나름대로 일관성을 갖춘 글이라고 할 수 있습니다.

이처럼 글이 일관성을 유지하기 위해서는 논리적인 구조를 갖추어야 합니다. 논술문의 경우에는 '문제 제기 → 문제의 원인 → 해결 방안 제시'와 같은 구조를 갖추어야 하지만, 이야기 글의 경우에는 '배경과 인물

소개 → 사건의 발단 → 전개 → 해결'과 같은 구조를 갖추어야 합니다. 설명하는 글의 경우에도 '설명하고자 하는 대상의 소개 → 대상의 구성 요소별 소개' 등과 같은 구조를 갖추는 것이 좋습니다. 글의 구조는 글쓰기의 목적이나 내용에 따라 달라집니다. 따라서 글쓰기를 본격적으로 하기 전에 먼저 내용의 논리적 흐름을 정리해 보는 것이 좋습니다.

쓰기연습

1. 다음 글을 읽고 이 글에서 일관성이 부족한 부분을 찾아보세요.

사회적 글쓰기

학교 폭력과 집단 따돌림에 대해서 이 글을 쓰려고 한다. 몇 년 전부터 현재까지, 중·고등학생뿐만 아니라 초등학교부터 어린아이들한테까지도 학교 폭력은 심각한 사회적 문제이다. 우리는 요즘 문자, 음향, 영상, 전자 매체를 통해 피해자 학생이 학교 폭력을 견디다 못해 자살했다느니 하는 이야기를 우리 주변에서 쉽게 접할 수 있다.

학교 폭력은 학생 간에서 일어나는 폭행, 상해, 감금, 위협, 약취, 유인, 모욕, 공갈, 강요, 강제적인 심부름, 명예훼손, 따돌림, 성폭력, 언어폭력 등 폭력을 이용하여 학생에게 정신적 및 신체적 피해를 주는 폭력 행위이고, 집단 따돌림은 집단 내에서 다수가 특정인을 대상으로 위해를 가하는 행위를 일컫는다.

우선 학교 폭력과 집단 따돌림 사례를 살펴보자. 흔히 뉴스나 신문에서 쉽게 찾을 수 있는 학교에서의 집단 따돌림, 학교 폭력으로 인해 고통을 참지 못하고 자신의 목숨을 끊은 학생들 이야기나 자신의 마음을 열지 못하고 사회에서 아웃사이더로 지내는 학생들 이야기, 학교에서 집단 따돌림과 학교 폭력으로 인해 더 방황하면서 사회에서 아웃되는 학생 등 우리는 많은 가슴 아픈 사연을 접하게 된다.

위의 사례를 보듯이 학교 폭력과 집단 따돌림으로 인한 피해 사례를 보면 학교 폭력과 집단 따돌림은 해서도 안 되고 존재해서도 안 된다. 더 자세히 말하자면, 학교 폭력과 집단 따돌림은 인권침해이다. 학교 폭력과 집단 따돌림은 집단 내에서 특정인을 대상으로 무시하거나 폭행, 상해, 감금, 협박 등 인격을 무시하고 침해하는 짓이다. 그렇기 때문에 학교 폭력과 집단 따돌림은 해서는 안 된다. 또 학교 폭력과 집단 따돌림은 피해당하는 사람뿐만 아니라 피해를 주는 사람, 교사, 부모님, 전체적으로 보면 국가까지도 상처를 주는 일이다. 학교 폭력과 집단 따돌림으로 인해 피해당하는 사람은 물론 상처를 받는 것이 당연하고, 피해 주는 사람도 죄책감에 빠지게 될 것이고 교사, 부모님들도 책임감 부족으로 상처를 받을 것이다. 물론 국가까지도. 상처뿐인 학교 폭력과 집단 따돌림은 해서는 안 된다.

마지막으로 학교 폭력과 집단 따돌림을 해결하기 위해서는 따돌림을 당하는 사람과 따돌리는 사람이 모두 함께 노력해야 한다고 생각한다. 왜냐하면 따돌림을 당하는 것에도 모두 이유가 있기 때문이다. 따돌림을 당하는 친구는 따돌림을 당하는 이유를 찾아 고치고, 따돌리는 친구는 다른 아이들의 마음을 이해하려 노력해야 한다. 서로의 입장이 되어 생각해 보아야 한다. 또 따돌림 당하는 사람과 따돌리는 사람뿐만 아니라 학교, 부모님들이 사회적으로 관심을 가지고 지켜보아야 할 것이다.

2. 다음 문단에서 중복되는 문장을 삭제하고 내용을 일관성 있게 재구성해서 다시 써 보세요.

위의 사례를 보듯이 학교 폭력과 집단 따돌림으로 인한 피해 사례를 보면 학교 폭력과 집단 따돌림은 해서도 안 되고 존재해서도 안 된다. 더 자세히 말하자면, 학교 폭력과 집단 따돌림은 인권침해이다. 학교 폭력과 집단 따돌림은 집단 내에서 특정인을 대상으로 무시하거나 폭행, 상해, 감금, 협박 등 인격을 무시하고 침해하는 짓이다. 그렇기 때문에 학교 폭력과 집단 따돌림은 해서는 안 된다. 또 학교 폭력과 집단 따돌림은 피해당하는 사람뿐만 아니라 피해를 주는 사람, 교사, 부모님, 전체적으로 보면 국가까지도 상처를 주는 일이다. 학교 폭력과 집단 따돌림으로 인해 피해당하는 사람은 물론 상처를 받는 것이 당연하고, 피해 주는 사람도 죄책감에 빠지게 될 것이고 교사, 부모님들도 책임감 부족으로 상처를 받을 것이다. 물론 국가까지도. 상처뿐인 학교 폭력과 집단 따돌림은 해서는 안 된다.

6

내 눈에 보이는 대로
쓰면 되나요?

관찰과 표현

달이 빛난다고 말해 주지 말고,
깨진 유리 조각에 반짝이는 한 줄기 빛을 보여 줘라.

- 안톤 체홉 -

　글을 쓴다는 것은 글쓴이가 어떤 대상에 대해서 말하고자 하는 것을 읽는 이에게 전달하는 것입니다. 이렇게 본다면 글쓰기에서 중요한 것은 글쓴이가 대상에 대해서 어떻게 인식하고 있는가 하는 거지요. 인간은 대상을 있는 그대로 인식한다고 생각하지만 사실 그런 경우는 존재하지 않습니다. 우리는 대상을 우리가 이해한 대로 인식할 수 있을 뿐입니다. 대상에 대한 우리의 인식은 우리가 갖고 있는 선입견이나 느낌 혹은 생각에 의해 형태가 달라지고 재구성됩니다. 다음에 나오는 그림은 관점의 차이를 보여 주는 것으로 자주 인용되는 그림입니다. 이 그림 속에서 어떤 인물이 보이나요?

　이 그림이 젊은 여인의 모습으로 보이나요, 아니면 늙은 노파의 모습으로 보이나요? 어느 시각에서 보느냐에 따라 젊은 여인의 옆모습으

6. 내 눈에 보이는 대로 쓰면 되나요?

로 보일 수도 있고, 늙은 노파의 옆모습으로 보일 수도 있습니다. 그림에는 두 가지 모습이 다 있지만 어떤 각도에서 보느냐에 따라 서로 다르게 보입니다. 그렇다면 이 그림에 대해서 읽는 이에게 전달할 때 무엇이라고 하는 것이 정확할까요? 자기가 보고 이해한 대로 젊은 여인의 모습 혹은 늙은 노파의 모습이라고 전달하게 되면 이 그림의 실체를 온전히 전하지 못한 것이 됩니다. 이 그림을 제대로 전해 주려면 자신은 젊은 여인의 모습으로 이해했으나 보기에 따라서는 늙은 노파의 모습이기도 하다는 것을 알려 주어야 하지요.

이 그림은 우리의 관점이나 배경지식에 의해 대상이 조작될 수 있다는 것을 보여 줍니다. 자신이 이해한 것은 실제로 존재하는 것이 아니라 자신의 눈에 비친 모습입니다. 그러므로 대상을 온전히 이해하기 위해서는 자신의 고정관념이나 선입견을 버리고 대상을 있는 그대로 보려는 노력이 필요합니다.

다음은 소설의 한 장면을 서로 다른 방식으로 제시한 글입니다.

(가)

내가 징검다리를 건너려고 하는데 웬 낯선 계집애가 징검다리 한
가운데 앉아서 물을 헤집으며 놀고 있었다. '저년은 왜 하필 저기
서 장난을 치고 지랄이야.' 하는 생각을 하면서 겨우 징검다리를
건넜을 때 아, 이년이 "이 바보!" 하면서 돌을 집어서 던지는 것이
아닌가?

(나)

소녀는 징검다리 한가운데에 앉아서 물장난을 치고 있었다. 소년
은 소녀를 피해서 겨우 징검다리를 건너 반대편으로 갔다. 그러
자 소녀는 "이 바보!" 하며 소년이 있는 곳을 향하여 조약돌을 던
졌다.

(가)와 (나)의 글을 읽고 소녀가 소년에게 돌을 던진 이유가 무엇인지
추리해 보세요. (가) 글에서는 소년의 속마음이 비교적 잘 드러나 있는
데, 소녀가 징검다리를 가로막고 놀고 있어서 불편한 생각을 드러내 보
이고 있지요. 그런 상황에서 돌을 던진 소녀의 행동은 소년에게 위협적
이고 불쾌한 행동으로 비칠 가능성이 많습니다. 그러나 (나) 글에서는 소

년의 마음이 잘 드러나 있지 않아서 소녀의 행동이 유난히 두드러져 보입니다. 그런 소녀의 행동은 소년을 괴롭히려는 것이라기보다 관심을 끌기 위한 행동으로 읽힐 수 있습니다.

여러분이 이 상황에서 소년의 입장이라면 소녀의 행동을 어떻게 이해할까요? 만일 (가)의 소년처럼 소녀의 행동을 위협적인 것으로 파악했다면, 그것은 소년이 느낀 솔직한 감정이긴 하겠지만 소녀의 진심이 아닐 수도 있습니다. 자신이 느낀 감정이나 생각이 반드시 대상의 진실한 모습을 반영하는 것은 아니기 때문입니다. 따라서 소녀의 의도가 무엇인지 모른다면, (가)처럼 서술할 것이 아니라 (나)처럼 서술하는 것이 더 효과적입니다. 결국 (가)는 소년의 감정을 중심으로 서술하는 것이라면, (나)는 소녀의 행동을 있는 그대로 묘사하는 데 중점을 두었다고 할 수 있습니다. 대상을 있는 그대로 전달하기 위해서는 이처럼 감정을 넣기보다는 주관이나 감정이 끼어드는 것을 최소화하는 것이 더 효과적입니다.

엄마 미워

임해현(도봉고 1)

아침에 대충 씻고
소파에 털썩 앉아 졸면
눈이 반 정도 감긴

엄마가 나와

"아침 뭐랑 먹을래?

빵이라도 사다 줘?"

"어."

"어휴 지지배

대충 요플레나

먹고 가면 안 돼?"

내 눈동자가 엄마 쪽으로

힘껏 향한다.

학원에 다녀와서 가방 놓고

소파에 털썩 앉아 TV 보면

밥 먼저 다 먹은

엄마가 나와

"저녁 뭐랑 먹을래?

계란 후라이라도 해 줘?"

"어."

"어휴 지지배

엄마 피곤하니까

니가 해 먹으면 안 돼?"

… …

말을 하지 말던가!

이 시는 엄마와 딸 사이에 있었던 일을 설명하지 않고 대화 상황 그대로 전해 주고 있습니다. 그래서 두 사람의 대화를 보면서 여러 가지를 생각하고 느끼게 합니다. 특히 엄마의 왔다 갔다 하는 말에서 엄마의 처지와 복잡한 마음을 잘 느낄 수 있습니다. 엄마는 힘들게 일을 하면서 지내기 때문에 딸한테 밥을 제대로 차려 줄 수가 없습니다. 그럼에도 딸을 염려해서 뭔가 해 주고 싶어 합니다. 하지만 사실 그런 모든 것이 피곤하고 힘들어서 쉽지가 않습니다. 이 글에는 다소 모순된 엄마의 이런 감정이 잘 묘사되어 있습니다. 그런데 이와 같은 상황을 말하는 이의 눈에 비친 엄마의 모습으로 설명하면 다음과 같지 않을까요?

> 우리 엄마는 거짓말쟁이다. 아침에 빵 사다 줄까 해서 사 달라고 하면 요플레 먹고 가면 안 되냐고 말하고, 저녁에 학원에 갔다가 들어와 TV 보고 있는데 계란 후라이라도 해 줄까 물어서 좋다고 하니까 엄마 피곤하니 니가 해 먹으란다. 어차피 해 주지도 않을 거면서 말만 하는 우리 엄마는 완전 거짓말쟁이다.

말하는 이의 눈에 비친 엄마의 모습은 대충 이와 같을 겁니다. 이 글에서 묘사된 엄마의 모습과 시에서 묘사된 엄마의 모습은 어떻게 다를까요? 말하는 이의 눈에 비친 엄마는 모순투성이의 부정적인 모습이지만, 객관적으로 묘사된 엄마의 모습에서는 피곤에 찌든 일상에서 제대로 딸을 챙겨 주지 못하지만 그래도 딸을 염려하는 엄마의 마음이 잘 드러납니다. 무엇이 진정한 엄마의 모습일까요? 딸을 걱정하는 엄마가 진짜 엄마의 마음일까요, 아니면 귀찮아하는 것이 진짜 엄마의 마음일까요? 아니면 둘 다일까요?

골목길
이수정(도봉고 2)

나는 오늘도 늦게 귀가한다.
골목길을 지나갈 때 들리는 여러 가지 소리들

"엄마, 내 핸드폰 어디 있는 줄 알아?"
"야 이년아, 내가 그걸 어찌 아노."
"모른다고 하면 되지 왜 욕을 하고 지랄이야."

이제 남은 건 모퉁이 돌아 한 가구뿐
나는 어김없이 그 모퉁이를 지나간다.

"여보, 지영이 재웠어요?"
"아니 글쎄, 재웠다니까요."
"그러다 깨기라도 하면 어쩌려구요."
"괜찮아, 지영이도 다 그렇게 해서 태어난걸."

캄캄한 밤

오늘도 나는 어김없이 걷는다.

이 학생은 골목길에서 들은 것들을 자신의 감정 표현은 전혀 없이 대화와 묘사 중심으로만 간결하게 표현했습니다. 말하는 이의 해석이나 설명이 없기 때문에 읽는 이는 골목길의 풍경을 오히려 더 생생하게 느낄수가 있습니다. 서로 싸우기만 하는 집안과 부부의 금실이 넘쳐나는 집안의 풍경이 묘한 대조를 이루면서 골목길의 정감을 잘 드러내고 있습니다. 만일 여러분이 이 장면을 경험했다고 하더라도 상황을 이렇게 간결하면서도 구체적으로 묘사하는 것이 쉽지는 않겠지요. 막상 대화 내용을 되풀이하려고 해도 정확하게 어떤 말을 했는지조차 잘 기억나지 않을 때가 많기 때문입니다.

만일 이 학생이 골목길에서 본 장면에 대한 자신의 생각과 느낌을 강조해서 썼더라면 읽는 이는 이 골목길의 모습을 이처럼 생생하게 느낄수 없을 겁니다. 이 골목길에서 느낀 읽는 이의 느낌이나 생각은 말하는 이의 그것과는 다를 수도 있습니다. 그런데 이 시는 골목길에서 느낀 말하는 이의 생각과 느낌을 최대한 제외함으로써 대상을 있는 그대로 보여주려고 했고, 그 결과 읽는 이는 골목길의 모습을 생생하게 경험할 수 있습니다. 자신의 생각과 느낌을 강조하는 것은 대상에 대한 이해를 사실과 다르게 해석하게 만들 가능성이 있습니다. 그러므로 가능하면 대상을 자세히 관찰하여 있는 그대로 묘사하는 것이 좋습니다.

틀니

박윤정(성내중 3)

(가) 학원에 다녀오는 길이었다. 거의 9시쯤 버스를 타고 귀가하던 중이었는데 그날따라 웬일인지 버스도 텅텅 비어서 사람들은 모두 앉아 있었고 빈자리도 듬성듬성 조용한 분위기였다.

(나) 이런저런 생각을 하며 창밖을 보고 있는데 중간의 어느 정거장에서 아저씨라기보다는 나이가 좀 드신, 60이 다 되어 보이는 분께서 술에 취하셨는지 몸을 비틀거리며 올라오셨다.

(다) 그런데 잠시 후 힘겹게 기침하는 소리가 났다. 그 소리와 함께 뭔가가 달그락거리며 떨어지는 소리가 났다. 버스 안이 조용했던지라 그 소리는 선명하게 들렸고, 버스 안의 사람들의 모든 시선은 그 기침 소리가 난 곳으로 향했다. 그 소리는 내리는 문 바로 뒤에 앉아 계시는, 아까 그 술 취한 채 몸을 못 가누시던 아저씨의 기침 소리였다.

(라) 그런데 사람들이 갑자기 킥킥 대며 웃기 시작했다. 창밖으로 고개를 돌린 채 또는 둘이 서로 마주 보며 소리를 죽이고들 웃는 것이었다. 그 아저씨 맞은편, 그러니까 가운데 공간 건너편에 앉아 있던 나는 왜들 그러나 싶어 그 아저씨를 다시 살폈다. 엉덩이를 쑥 뺀 채

"음냐 음냐"거리며 주무시고 계시는 아저씨는 잠바를 입고 계셨고, 신발도 신었고, 바닥까지 시선이 갔고, 그 다음번엔 나도 그만 웃음을 터뜨릴 수밖에 없었다. 발 옆에 글쎄, 이게 웬일이냐! 보기에도 이상하게 생긴 틀니가 그 아저씨 발 옆에 떨어져 있었던 것이다. 술에 취한 채 주무시며 기침을 해서인지 그 소중한 틀니가 빠진 줄도 모르고 계속 주무시는 아저씨, 바닥에 떨어져 나동그라져 있는 틀니. 정말 웃음밖에 안 나오는 상황이었다.

(마) 그런데 사태는 더 악화되어 버스가 움직일 때마다 틀니도 움직여 뒷문의 내리는 계단 모서리에 걸쳐져 있었다. 버스 안의 웃음바다는 이내 조용해졌지만 틀니가 문밖으로 떨어질지도 모르는 심각한 사태에 대해 반응을 보이는 이는 없었다. 나는 슬며시 걱정이 되기 시작했다. 틀니를 주워 주는 사람도 없고, 그렇다고 저 아저씨가 일어나서 주울 리도 없고, 결국 가련한 틀니는 누군가의 발에 채여 버스 밖으로 떨어지겠구나. 저걸 어째? 서로서로 눈치를 살피는 사이, 어느새 버스는 우리 집 두 정거장 전쯤에 와 있었다. 더욱 조급해진 나는 순간적으로 큰 결단을 내렸다. 다른 사람이 주워 주겠지 하고 미루느니 그 일을 내가 하겠다고 말이다. 어쩌다 이 사회가 이런 일을 하는 데 창피함을 무릅써야 하는지 잘 이해가 되지는 않았지만 나는 귀가 멍멍해질 정도로 쿵쿵거리는 심장을 억누르며 일어나 가방에서 휴지를

꺼내 귀퉁이에 위태위태 걸쳐져 있는 틀니를 집어서 쌌다.

(바) 가히 좋다고 할 수 없는 이상한 감촉의 틀니 뭉치를 입이 홀쭉한 아저씨의 잠바 주머니에 얼른 넣었다. 아직도 까맣게 모르고 주무시는 아저씨에게 말이다.

(사) 빨개져서 더워진 얼굴을 손으로 부쳐 식히는 나를 뒤로 하고 버스는 다른 차들 속으로 사라져 버렸다.

이 이야기는 버스를 타면서 시작해서 버스에서 내린 것으로 끝나는 구조로 되어 있습니다. 이 이야기를 사건별로 구성해 보면 다음과 같습니다.

(가) 학원에서 귀가하는 버스를 탔다.

(나) 술 취한 아저씨가 들어왔다.

(다) 기침 소리와 함께 달그락거리는 소리가 들렸다.

(라) 아저씨가 틀니를 떨어뜨려서 사람들이 웃어 댔다.

(마) 틀니가 버스 계단 모서리에 걸쳐져서 위태로워 보였다.

(바) 아무도 관심을 갖지 않아서 말하는 이가 틀니를 주워 드렸다.

(사) 버스가 말하는 이를 내려 두고 떠났다.

이 사건들 중에서 핵심적인 사건은 (다)-(바)까지라고 할 수 있습니다. (가)-(나)는 배경과 인물 소개이기 때문에 간략하게 묘사했고, (다)에서부터 사건이 본격적으로 진행되기 때문에 자세히 묘사하고 있습니다. 이 사건에서 가장 극적인 부분이 (라)이기 때문에 이 부분은 매우 자세히 서술했습니다. (마)에서는 말하는 이가 행동할 수밖에 없는 문제 상황이 제시되었고, (바)에서는 말하는 이가 행동하는 모습이 묘사되고 있습니다.

　이 이야기가 재미있게 잘 읽히는 이유는 이야기의 기본 요소들이 빠짐없이 잘 반영되어 있기 때문입니다. 또한 중요한 부분은 자세히 묘사하고 중요하지 않은 부분은 간략히 서술해서 읽는 이의 궁금증을 잘 해소해 주었기 때문입니다. 불필요한 감상이나 해석을 최소화하고 상황을 선명하게 보여 주는 방식으로 서술하고 있습니다. 그래서 읽는 이는 마치 한 편의 동영상을 보는 것처럼 생생하게 말하는 이의 상황을 이해할 수 있습니다.

　대상을 묘사한다고 해서 무조건 자세히 묘사하는 것이 좋은 것은 아닙니다. 중요한 부분은 자세히 묘사하고 중요하지 않은 부분은 간략히 해야 상황에 몰입할 수 있습니다. 또한 직접적인 감정 표현보다 "빨개져서 더워진 얼굴을 손으로 부쳐 식히는" 것처럼 사실적인 묘사가 더 강한 느낌을 줄 수 있습니다.

쓰기연습

1. 다음 글에서 말하는 이가 경험한 핵심 사건과 말하는 이의 생각과 느낌을 기술한 부분을 찾아서 비교해 보세요.

나쁜 오빠

"넌 밑바닥 깔아 주기 싫으면 인문계 말고 실업계를 가서 기술이나 자격증을 따야 해."

중학교 때 선생님은 나에게 종종 이런 말씀을 하시곤 하셨다.

그때는 그런 말을 들어도 별다른 감흥도 느끼지 못했고, 기분이 나쁘지도 좋지도 않았었다. 그저 난 공부를 하는 이유도 몰랐고, 할 마음이 눈곱만큼도 없었다.

그 당시 나는 정말 좋아하는 오빠가 있었다. 교회를 같이 다니던 옆집 오빠 덕분에 알게 되었는데, 키도 크고 잘생기고 성격도 좋고 자상하고 그야말로 내가 꿈꿔 왔던 이상형이었다. 그 오빠는 그때 1년 동안 미국에서 공부를 하다가 한국에 와서 검정고시를 준비하는 학생이었다. 짝사랑을 하고 있던 어느 날 나는 내 마음을 고백하기로 마음먹었다. 하지만 돌아온 답변은 나를 정말 충격먹게 만들었었다. 나처럼 공부 안 하고 나이에 맞지 않게 화장 진하고, 짧은 치마를 입고 다니는 여자는 싫다고, 너도 어서 정신 차리고 공부나 열심히 하라고……

그 말이 나를 공부하게 만든 계기가 된 셈이다. 그때 난 중학교 3학년 1학기 기말고사를 앞두고 있었다. 남들보다 늦게 시작한 공부라서 힘들긴 했지만, 나는 남들보다 훨씬 더 열심히 했다. 친구들이 놀 때 독서실을 가고, 난생처음 과외라는 것도 받아 보고 심지어는 하루에 12시간 이상씩 앉아서 공부를 한 적도 있었다. 그렇게 기말고사가 끝나고 평균 55점이라는 점수를 받았다. 남들에겐 별 거 아닌 점수겠지만 평균 30점이 나올까 말까 하던 나에게는 정말 엄청난 점수였다. 그 후로 나를 바라보는 선생님들의 시선도 달라졌다. 난 더더욱 탄력을 받았고, 여름방학 때도 여전히 열심히 했다. 노는 걸 아예 버리진 못했지만 꾸준히 부족한 과목을 채워 나갔다. 기적은 계속 일어났다. 개학하고 나서 본 중간고사에선 평균 70점, 기말고사에선 평균 88점이란 점수를 얻었다. 100점을 받은 과목도 있었다. 나를 포함한 모든 사람들이 놀랐다. 나에게 인문계에 가지 말라던 선생님도 너 정도면 인문계 가서도 열심히 하면 될 것 같다면서 장학금 20만 원을 주셨다. 그것도 개인적인 돈으로……. 더불어 난 학교 대표로 학업 진보상도 받았다.

지금 생각하면 살면서 그렇게까지 뿌듯했던 적은 없었던 것 같다. 노력과 성취는 비례한다는 게 정말 맞는 것 같다. 지금은 그때 내게 그런 충격을 안겨 준 나의 첫사랑 오빠에게 고마울 뿐이다. 사람은 어떤 일을 성취하기 위해선 적지 않은 충격이 필요한 것 같다. 덕분에 난 지금의 도봉고등학교에 입

학할 수 있게 되었다. 지금도 난 많이 부족하지만 그때 그 뿌듯함과 성취감

을 잊지 않고 열심히 하려 한다.

2. 앞의 이야기에서 핵심적인 사건을 말하는 이의 생각과 느낌을 최소화하여 재구성해 보세요.

7

설득력 있는 주장을 펼치고 싶어요

주장과 근거

언어만 있고 사물이 없는 글을 짓지 말 것,
아프지도 않은데 신음하는 글을 짓지 말 것!

- 후스 -

사람은 혼자서 사는 것이 아닙니다. 그렇기 때문에 다른 사람들과 세상의 여러 가지 문제에 대해 다양한 의견을 주고받으면서 살아갑니다. 이렇게 여러 사람들과 주고받은 삶의 의견이 쌓이면서 자신의 가치관과 세계관을 만들게 되지요. 이 가치관이나 세계관에 따라 또 다른 자신의 의견이 생기고요. 내가 오늘 받아들이는 다른 사람의 의견은 나의 삶에 영향을 미치고, 나의 주장 또한 다른 사람에게 영향을 미치게 됩니다. 따라서 남의 주장을 받아들이거나 나의 주장을 펼칠 때는 그것이 타당하고 옳은 것인지를 검증하는 과정이 반드시 필요합니다. 무비판적으로 남의 주장을 받아들이고 나의 주장을 일방적으로 밀어붙이기만 한다면, 우리가 몸담은 공동체는 올바르지 않은 생각들이 넘쳐나 심각한 혼란과 갈등을 겪을 수밖에 없으니까요.

그렇다면 주장이 타당한 것인지를 어떻게 판단할 수 있을까요? 주장이 타당하기 위해서는 근거가 타당하게 제시되어야 합니다. 예를 들어, '동물을 보호하자.'는 말은 어떤 경우에도 타당한 주장이라고 할 수 있습니다. 그러나 '동물을 먹지 말자.'는 주장은 항상 타당한 것은 아닙니다. '동물은 우리의 친구이며, 동물도 인간처럼 감정을 느끼고 생각을 한다. 따라서 동물을 먹는 것은 인간을 먹는 것과 같다.'는 근거에 의하면 타당한 주장입니다. 하지만 '인간은 잡식성 동물이고 동물성 단백질을 섭취해야 생명을 유지할 수 있다.'는 근거에 의하면 타당한 주장이 되지 않기 때문입니다.

이렇게 보면 우리가 사용하는 주장에는 근거나 증명이 필요 없는 보편타당한 것들도 있지만 어떤 사실이나 근거에 의해서만 타당성을 증명할 수 있는 주장도 있습니다. 따라서 주장을 주고받을 때는 그 주장이 어떻게 뒷받침되는지를 판단할 수 있어야 합니다. 상대방의 주장이 특정한 조건이나 상황에만 알맞게 이용되는 것인지, 모든 상황에서 보편적으로 알맞게 이용되는 것인지를 판단해야 하지요. 또한 주장을 뒷받침하는 근거가 충분하고 타당한 것인지를 따져 봐야 합니다.

다음은 「꺼삐딴 리」라는 작품을 읽고 한 학생이 쓴 독서 감상문입니다.

꺼삐딴 리

김은선(도봉고 2)

　(가) 정말 어이가 없을 정도로 이인국 박사는 계산적이다. 일제시대에는 일본에 빌붙어 살아가다가 광복 후에는 소련군에게 아첨하고, 월남한 후에는 친미주의자가 된다. 자신의 안위와 평화만을 생각하고 자기 자신만의 주관이 없는 것 같았다. 아니, 주관이 없다기보다는 '자신에게 이익이 되는 길을 찾는 것'이 그의 주관일 것이다. 이 사람은 사람의 생명을 구하는 의사라기보다는 상술에 의지하는 사업가 같다. 환자를 진찰할 때도 그 환자의 경제력부터 확인하는 것이 시작이고, 중요한 거물이 아니면 모든 일을 아랫사람에게 맡긴다. 그리고 자신의 이중적인 진료법에 만족하며 살아가고 있다.

　(나) 어떻게 이런 사람이 잘살게 되는지 나는 그 이유를 모르겠다. 시대가 불안한 때에 살았음에도 언제나 능수능란하게 처신했기 때문일까? 그렇다면 사람은 저렇게 항상 이해 타산적이고 계산적이어야만 성공할 수 있을까? 이렇게 이인국에 대해 비판을 하려고 해도 나는 그럴 만한 처지는 못 되는 듯싶다. 속으로는 그의 처세술에 감탄하고 있었으니 말이다. 처음 이 책을 읽었을 때는 무조건 이인국이 나쁘다고 생각했다. 나라를 위해서 싸우는 사람들은 고통받고 있는데 친

일파 사람들은 부유했으니 말이다. 애국자들은 나라를 지킨다는 '정의'를 택했는데 그 정의가 성공을 안겨다 주지는 않았다. 정의를 배신했는데도 성공한 이인국이라는 사람은 대체 어떤 사람일까? 왜 옳은 것을 행하지 않는 자에게 성공이 주어질까? 나는 그 답을 대충은 찾은 것 같다. 정의를 배반하여 얻은 행복은 그리 오래가지 않는다. 그렇기 때문에 사람들은 정의를 숭배하는 것이다.

(다) 지금의 나 역시 이인국의 처세가 옳다고는 생각하지 않는다. 그러나 이인국 박사의 행동을 이해하게 되었고 인정하게 되었다. 그 이유는 사람은 누구나 자기 자신이 첫 번째이기 때문이다. "너, 죽을래 살래?"라는 물음에 열이면 열 다 "살래."라는 말을 하는 것이 당연하듯이 말이다.

(라) 예전에 '죄와 벌'이라는 책을 읽은 적이 있다. 주인공은 '정의'를 위해서는 그것을 방해하는 법을 무시해도 괜찮다고 생각하고 살인을 저질렀다. 하지만 아무리 정의가 중요해도 생명을 소중히 해야 한다는 제일 중요한 또 하나의 정의를 어겼기 때문에 주인공은 괴로워했을 것이다. 이처럼 사람은 모순적이다.

(마) 아무리 봐도 이 책은 이인국 박사를 비판하는 것처럼 보인다. 하지만 나는 그 사람의 처지를 조금은 이해했다고 생각한다. 아무튼 나라보다 개인의 이익을 사랑했던 이인국 박사는 돈에 눈이 멀어

이 글에서 제시된 논지의 흐름을 정리해 보면 다음과 같습니다.

(가) [인물의 성격] 이인국은 자신에게 이익이 되는 길만을 찾는
　　계산적인 인물이다.

(나) [문제 제기] 항상 이해 타산적이고 정의롭지 않은 인물이 성
　　공하는 이유는 무엇일까?

(다) [긍정 평가1] 인간은 생존을 우선시하므로 이인국의 행동을
　　이해할 수 있다.

(라) [긍정 평가2] 정의보다 생명이 중요하기 때문에 이인국의 행
　　동을 이해할 수 있다.

(마) [마무리] 이인국은 돈에 눈이 멀어 있는 현대인에게 무엇이
　　더 중요한지를 깨닫게 해 준다.

　글쓴이는 (가)에서 먼저 인물의 성격을 분석하고, 이인국이 이익과
손해를 계산하는 정의롭지 않은 인물이라고 해석했습니다. 그런데 (나)
에 가서 이런 정의롭지 않은 인물이 왜 성공하고, 정의로운 사람들이 성

공하지 못하는가라는 의문을 제기합니다. 그리고 그 의문에 대한 답으로 정의를 배반하여 얻은 행복은 오래가지 않는다는 답을 내놓았습니다. 그런데 (다)에서부터는 이인국 박사의 행동을 이해할 수 있다는 주장을 내세우고 있습니다. 글쓴이는 그 근거로 『죄와 벌』을 예로 들어 정의보다는 생명이 더 중요하다는 점을 내세웁니다. (마)에서는 이 책은 이인국 박사를 비판하고 있지만 자신은 그의 행동을 이해할 수 있다고 마무리했습니다.

책에서는 이인국이 국가나 사회보다는 자신의 몸만 편안하면 된다는 계산적인 인물로 그려지고 있습니다. 하지만 글쓴이는 이인국의 행동을 비난할 수는 없고 충분히 이해할 수 있는 행동이라고 평가하고 있습니다. 글쓴이의 주장을 다시 구성해 보면 다음과 같습니다.

대전제 : 사회정의보다는 생명이 더 우선하는 가치이다.

소전제 : 이인국은 자신의 안위와 평화만을 추구하는 인물이다.

결　론 : 이인국의 행동은 인간적인 것으로 이해할 수 있다.

이 추론 과정을 보면 글쓴이의 주장은 '인간은 누구나 정의보다는 생존을 우선시한다.'라는 전제에 의해서 뒷받침되고 있습니다. '사회정의도 결국은 인간의 생존과 행복을 위한 것이기 때문에 생명보다 우선하는 가치는 없다'는 대전제는 입증을 필요로 하지 않는 보편적인 주장이라고 할 수 있습니다. 그러나 대전제가 참이라고 해서 글쓴이의 주장이 반드시 옳은 것은 아닙니다. 소전제인 이인국의 행동이 이 전제에 들어맞는지를 충분히 검토해야 합니다.

자신의 이익과 편안함만을 추구하는 이인국의 행동이 '생존'을 목적으로 한 것인지에 대해서는 논란의 가능성이 있습니다. 예를 들어, 감옥에서 죽을 수 있는 상황에서 전염병을 치료하고 소련군 장교의 혹을 수술해 주고 풀려난 것은 '생존' 때문이라고 할 수 있을 것입니다. 그러나 돈 많은 환자만을 가려 받고, 미군 장교에게 환심을 사려고 국보급 골동품을 선물하는 행동을 '생존' 때문이라고 하기는 어렵습니다.

이인국의 행동이 생존을 위한 어쩔 수 없는 행동이었다면 글쓴이의 주장은 정당화될 수 있습니다. 그러나 이인국이 생존을 위한 목적이 아닌 개인적인 명예와 부를 목적으로 사회정의를 방해했다면 그의 행동은 정당화되기 힘들겠지요. 글쓴이는 이인국이 '자기 이익만을 추구하는 계산적인 인물'라는 것을 인정하면서도 '정의보다는 생명이 우선하는 가치'라는 근거로 그를 이해할 수 있다고 판단했습니다. 그러나 이인국의 행동이 생존을 위한 어쩔 수 없는 행동이었다는 근거가 제시되지 않았기 때문에 글쓴이의 주장은 타당하다고 할 수 없습니다. 입증되지 않은 주장은 주장으로 성립하지 않기 때문입니다.

이 학생의 주장은 처음부터 끝까지 일관되지 못합니다. 정의를 배반하여 얻은 행복은 그리 오래가지 않는다고 했다가 정의보다는 생존이 더 중요한 가치라는 점을 지적했습니다. 그리고는 이인국을 이해할 수 있다고 하면서, 나라보다 개인의 이익을 사랑했던 이인국 박사는 돈에 눈이 멀어 있는 나와 현대인들에게 무엇이 소중한가를 깨닫게 해 주는 계기가 될 것 같다고 했습니다. 글쓴이의 주장이 무엇인지 혼란스럽습니다.

한류를 통해 역사 왜곡을 바로잡자

정재윤(도봉고 1)

(가) 200년부터 시작된 일본 후소사 역사 교과서의 왜곡이 2차 대전 때의 만행을 축소, 은폐한 것만으로 모자라 이번에는 독도를 일본 땅으로 표현했다. 연초부터 불거진 독도 문제도 그렇고 이런 일본의 망발이 일어날 때마다 우리나라 사람들은 일장기를 불태우거나 심지어는 자살까지 하면서 항의하고 있다.

(나) 그러나 정작 일본인들은 이런 반응을 이해하지 못하고 오히려 난폭하다며 비난의 대상으로 삼고 있다. 결국 아무리 항의한다 해도 그것이 국내에 한정된다면 나라 밖에서 바뀌는 것은 아무것도 없다.

(다) 섬나라 일본의 사람들은 '궁지에 몰리면 적의 손에 죽던가 빠져 죽는 방법밖에 없다.'라 생각하면서 절대로 손해 보는 일을 하지 않는다. 이런 천성 때문에 일본인은 아무리 틀린 일이라도 다수가

옳다고 하면 그것에 따른다. 역사 왜곡의 주축은 일본의 극우 세력이다. 그들은 소수지만 그 사람들 뒤에는 야쿠자나 정, 재계를 주름잡는 이들도 있어서 역사 왜곡을 막으려는 움직임은 일본 내에서는 미약하다. 아니, 대중은 개인 중심이다. 애국심이나 역사의식도 부족해 "일제의 만행은 우리 조상들의 잘못이지 우리의 잘못이 아니다."라며 문제에 관심이 없거나 아예 모르는 사람들도 있을 것이다.

(라) 일본의 역사 왜곡을 막는 방법은 일본의 잘못을 온 세계, 특히 일본의 대중에게 알려 스스로 왜곡된 길을 못 걷도록 하는 것이다. 우리말로 우리 방송에서 아무리 일본의 잘못을 알린들 일본인이 알 길이 있겠는가? 그들은 아무 이유도 모른 채 우리가 일본 대사관 앞에서 일장기를 태우는 장면을 국영방송인 NHK를 통해 보면서 '저렇게 반일 감정이 심한데 한국에 가면 안 되겠다.'라는 생각만 할 것이다. 우리는 일본어로 된 자료를 인천 국제공항이든, 더 나가서 도쿄 신주쿠 거리에 공중 살포를 하든 일본 대중에게 직접적으로 제공해야 한다.

(마) 다행히 우리에게는 자료들을 신주쿠에 공중 살포하는 것보다 훨씬 효과적인 방법이 있다. 바로 '보아', '욘사마'로 대표되는 한류 열풍이다. 일본 전역의 여성들은 '욘사마'에 이미 푹 빠져 있다. 이런 상황에서 욘사마가 직접 나서서 "저를 아껴 주시는 일본인들께서는 선진 국민으로서 올바른 역사관을 가지고 있음을 믿습니다. 이

번 역사 왜곡 시도는 시도만으로 끝날 것이라 믿습니다. 저는 한국인이고, 한국과 일본 모두 사랑합니다. 다만 옳고 그름을 확실히 해서 더욱 사랑하고 싶을 뿐입니다."라고 한다면 일본의 대중, 특히 여성층이 이번 문제에 관심을 가지고 나설 계기가 될 수 있을 것이다.

(바) 중국의 동북공정도 그렇고 일본의 역사 왜곡도 그렇고, 근본적인 원인은 우리 역사에 대한 대외 홍보 부족이다. 요즘은 월드컵이나 우리 기업의 해외 진출로 인지도가 생겼지만 얼마 전까지만 해도 외국 사람들은 한국을 '한국전쟁의 나라', '일본 옆의 나라'라고 생각하거나 심지어 있는지도 모르는 사람도 있었다. 반면 일본은 자신들을 홍보하는 데 힘써 일본을 모르는 사람은 거의 없고, 외국 지도에는 동해와 독도가 일본해와 다케시마로 되어 있을 정도다.

(사) 역사 왜곡을 바로잡는 방법은 여러 가지가 있을 것이다. 그 방법들 중에서 서로 목소리를 높이지 않고 원만히 해결하는 방법은 문화를 통해 간접적으로 홍보해, 스스로 잘못되었음을 알고 바로잡으려 노력하게 만드는 것이다. 이미 한류는 일본인들의 마음을 사로잡았다. 이제 한류를 이용해 일본인들이 스스로 잘못하고 있다고 생각하게 만드는 일만이 남았다. 이렇게 되면 역사 왜곡도 바로잡고 외화도 벌어 오는 일석이조를 달성할 수 있을 것이다.

글의 내용이 다소 산만한 편인데 핵심 내용을 단락별로 정리해 보면 다음과 같습니다.

(가) 일본의 역사 왜곡에 우리나라 사람들은 일장기를 태우며 항의한다.

(나) 이러한 항의 방식은 비난만 살 뿐 문제 해결에 도움이 되지 않는다.

(다) 역사 왜곡의 주축은 극우 세력이며, 일본의 대중들은 역사 왜곡에 무관심하다.

(라) 일본의 역사 왜곡을 막는 방법은 세계와 일본 국민들에게 일본의 잘못을 알리는 것이다.

(마) 한류 열풍을 이용해서 홍보하는 것이 좋은 방안이다.

(바) 역사 왜곡의 근본적인 원인은 홍보 부족 때문이다.

(사) 한류를 이용해 일본 스스로 잘못을 인정하도록 하자.

글쓴이는 일본의 역사 왜곡에 대한 우리나라 사람들의 대응 방식에 문제가 있다는 데서 논의를 시작하고 있습니다. 일장기를 불태우거나 자살하는 방식으로는 일본인들을 설득하기 어렵다고 보는 것입니다. 그 대안으로 글쓴이는 일본인들에게 영향력이 있는 한류를 활용해서 홍보를 하자는 제안을 하고 있습니다. 사회적인 문제에 대해 학생 수준에서 문제의 원인을 분석하고 대안을 제시하려고 했다는 점에서 의미가 있는 글이라고 할 수 있습니다. 그러나 이런 제안이 공동체 구성원들에게 받아들여지기 위해서는 그 제안이 타당하고 실현 가능한 것이어야 합니다.

문제 제기 : 일본의 역사 왜곡에 분노하고 항의하는 것으로는 한계가 있다.
문제 원인 : 일본의 역사 왜곡은 우리 역사에 대한 홍보 부족 때문이다.
문제 해결 : 한류를 이용해서 우리 역사에 대한 홍보를 하면 일본인 스스로 잘못을 인정할 것이다.

이 글에서 글쓴이는 일본의 역사 왜곡 사태의 원인을 홍보 부족이라고 판단하고, 그 해결 방안으로 한류를 이용해서 홍보를 강화하자고 제안하고 있습니다. 그렇다면 먼저 일본의 역사 왜곡 문제가 홍보 부족에서 발생하는 것인지 검토해야 합니다. 글쓴이가 지적했듯이 일본의 역사 왜곡은 군국주의를 미화하는 지배 세력에 의해 조직적으로 이루어지고 있습니다. 이는 역사 왜곡의 원인이 우리 역사에 대한 홍보 부족 때문이 아니라 일본 내 군국주의 세력의 정치적 목적 때문이라는 것을 의미합니다.

일본의 역사 왜곡이 정치적 목적으로 멋대로 이루어지고 있기 때문에 이 문제를 해결하려면 역시 정치적으로 할 수밖에 없습니다. 역사적 진실을 자세히 따지고 밝혀서 세계에 알리는 한편, 국제정치 무대를 통해서 일본의 만행을 고발하여 압력을 행사하는 등의 방식이 있을 수 있습니다. 따라서 이 학생의 문제 원인에 대한 진단은 정확하지 않다고 하더라도 문제의 해결 방향이 완전히 어긋난 것은 아니라고 할 수 있습니다.

그렇다면 이제 글쓴이가 제안한 한류를 이용한 홍보 방안의 현실성을 살펴볼까요? 글쓴이는 욘사마가 역사 왜곡과 같은 정치적인 문제에 대해 발언을 하면 일본인들이 귀를 기울일 것이라고 생각하지만 반드시 그렇지는 않습니다. 일본인들이 열광하는 것은 배우로서 욘사마지 역사 전문가로서의 욘사마가 아니니까요. 따라서 비록 욘사마가 역사 문제에 대해 발언을 한다고 해도 일본의 대중들은 신뢰하지 않을 가능성이 높습니다. 오히려 욘사마의 부적절한 정치적 발언으로 인해 한류에 찬물을 끼얹을 수도 있습니다.

실례로 고구려 시대를 배경으로 한 드라마 중에는 중국의 반응을 의식해서 역사적 배경 자체를 완전히 제거해 일종의 판타지로 만들어 버린 작품도 있었습니다. 만일 민감한 역사적 문제를 다루고 있는 작품이 만들어진다면 오히려 역풍이 불 수도 있는 것입니다. 일본 정부가 수입을 허락하지 않는다든지, 우익의 공격으로 정상적인 배급이 불가능하다든지, 우익 언론에 의해 나쁜 뜻으로 조작이 이루어질 수도 있습니다. 오히려 그동안 긍정적으로 받아들여졌던 한류 자체가 위기에 부딪칠 수도 있습니다.

글쓴이가 제안한 한류를 이용한 직접적인 홍보 방안은 여러 가지 한계가 있지요. 하지만 한국의 역사와 문화에 대한 이해를 높이는 문화 교류는 한국과 일본의 관계를 개선하고 역사 왜곡을 막는데 기여할 것으로 보입니다. 글쓴이가 지적한 대로 일장기를 태운다거나 자살을 시도하는 등의 폭력적인 방식은 좋지 않습니다. 그보다는 문화적 접촉을 넓혀서 한국에 대한 이해를 넓히는 것이 장기적으로 극우 세력의 목소리를 약하게 만들고, 양심적 지식인 세력을 강화하는 데 도움을 줄 수 있을 것입니다.

한일 관계의 역사적 문제는 복잡한 문제라고 할 수 있습니다. 그럼에도 불구하고 이 학생은 사회적인 문제에 대해 나름대로 진단하고 해결 방안을 제시하려고 노력했습니다. 비록 논리가 과장된 부분이 있긴 하지만 그래도 그 의도나 방향은 매우 의미가 있습니다. 역사 왜곡에 대처하는 우리의 자세가 그저 분노 표출에 그쳐서는 안 된다는 점, 문화적 접근을 통해서 서로 간의 이해를 높이도록 해야 한다는 점은 참고할 만합니다.

글을 쓴다는 것은 자신의 주장을 사회 공동체에 내놓는 것이기 때문에 그 주장이 타당해야 합니다. 타당한 주장은 받아들여지지만 그렇지 않은 주장은 받아들여지지 않습니다. 따라서 자신의 주장이 왜 타당한지를 다양한 근거와 사실을 통해서 입증해야 합니다. 주장의 타당성을 입증하기 위해서 논리적 추론을 활용하기도 합니다. 그러나 무엇보다도 먼저 문제의 원인과 해결 방안에 대해서 다양한 자료를 수집해서 검토하고 깊이 잘 생각하는 것이 필요합니다.

쓰기연습

1. 다음 글을 읽고 주장과 근거가 무엇인지 분석해 보세요.

'귀족 수학여행'을 바라보는 우리의 시선

평소와 다름없이 인터넷으로 최신 연예 뉴스 소식을 보다가 가장 많이 본 사회면 1위의 제목이 눈에 들어왔다. 뉴시스 4월 14일자 기사인 일부 학교의 여전한 '귀족 수학여행'에 대한 보도였다. 14일 서울시 교육청에 따르면 지난해 수학여행을 다녀온 1,292개 초·중·고등학교 중 56개교가 국외 수학여행을 다녀왔다고 한다. 금액은 평균 89만 6,595원으로 유럽이 295만 2,000원으로 가장 비쌌으며 동남아 108만 645원, 일본 86만 3,489원, 중국 80만 4,428원 등의 순으로 나타났다.

시 교육청 관계자는 "지난해 국외 수학여행을 갔던 56개교는 모두 사립학교"라며 "학교장이 신념과 뚜렷한 교육적 목적을 갖고 있고, 또 학부모들이 강력하게 원하는데 못 가게 막을 수는 없는 것 아니냐."라고 하면서도 "국외 수학여행의 경우 과거 학부모 동의율 70%에서 80% 넘게 받아야만 추진할 수 있도록 규정을 강화해 점차 감소하는 추세"라고 설명했다.

경주 불국사, 제주도로 수학여행을 가는 건 벌써 옛말일 정도로 시대는 빠르게 변화하고 발전하고 있다. 이 변화의 소용돌이 속에서 1인당 수백만 원의 여행비가 요구되는 이른바 '귀족 수학여행'이 논란에 휩싸였는데 여기서 본래 수학여행의 의미를 생각해 볼 필요가 있다. 수학여행으로 학생들은 무엇을 배울 수 있을까? 그 수학여행의 장소가 국내이든 국외이든 다양한 것을 느끼고 체험해 학생들에게 어떤 도움을 줄 수 있는지에 중점을 둬야 하지 않을까? 단순히 외국으로 수학여행을 간다고 해서 그것을 무작정 비난할 수는 없을 것이다. 한 달에 200만 원을 버는 사람들에겐 꿈도 못 꿀 일이겠지만 한 달에 2,000만 원을 버는 사람들에게는 단순한 일일 수도 있기 때문이다.

이런 뉴스 기사를 보고 상대적 박탈감이나 위화감을 느끼는 것은 구시대적 발상이다. 우리는 흔히 돈이 없는 것은 죄가 아니라고 쉽게 생각하지만 돈이 많은 것 또한 죄가 아니라는 사실은 쉽게 받아들이지 못하는 경향이 있다. 이러한 피해의식과 열등감은 사회 분위기가 어느 정도 조장하는 면도 있지만 어쩌면 우리 스스로가 만든 것은 아닐까?

다만 이러한 학생들이 학교라는 공동체 속에서 자신의 자아를 타자와의 상대적 우월감에서 찾지 않으며 남을 배려할 줄 아는 마음을 배워야 할 것이다. 부자가 있으면 가난한 사람도 있는 법이다. 빈부 격차를 없앨 수는 없는 노릇이니 이들은 서로를 배려하며 살아야 한다. 사회적 약자인 가난한 이들을 위한 정책이나 제도 및 가치관의 변화가 있어야만 서로 공생할 수 있을 것이다.

2. 이 글의 주장과 근거가 타당한지 평가해 보고 반대 입장에서 반박의 근거
를 제시해 보세요.

8

문장 쓰기가
가장 힘들어요

문장 쓰기

8

무엇을 쓰든 짧게 써라. 그러면 읽힐 것이다.
명료하게 써라. 그러면 이해될 것이다.
그림같이 써라. 그러면 기억 속에 머물 것이다.

- 조지프 퓰리처 -

글쓰기는 결국 문장을 통해서 구현됩니다. 머릿속에 아무리 많은 생각이 일어도 글은 한 글자 한 글자 순차적으로 나열해야만 완성될 수 있습니다. 그래서 머릿속의 생각이 입체적인 형태를 띠고 있다면 글은 선적인 형태를 띤다고 합니다. 따라서 글을 쓰려면 머릿속의 복잡한 생각을 낱말의 선적인 배열 형태로 바꾸어 놓아야 합니다. 머릿속의 다양한 생각들은 절구로 찧으면 튀어 날아가는 쌀알처럼 언제 어디로 튈지 모릅니다. 이처럼 산만한 생각들을 정리하여 마치 쌀알을 빻아서 가래떡을 만들 듯 질서 있는 낱말의 배열 형태로 만들어 놓은 것이 문장입니다. 그렇기에 문장은 논리적으로 구성되어야 하며, 문장과 문장 간에도 논리적인 연관관계를 갖도록 배치해야 합니다.

흔히 문장 쓰기에서는 문법적인 규칙을 잘 지키는 것을 중시합니다. 그러나 문법적인 규칙을 잘 지키는 것보다 더 중요하게 신경 써야 할 부분이 논리적인 일관성입니다. 자신이 표현하고자 하는 내용이 논리적으로 잘 구성되면 문법적인 규칙에도 잘 들어맞을 가능성이 높습니다. 따라서 문법적 규칙을 잘 지키는가는 내용의 논리적 구성 다음으로 고민해도 되는 문제입니다. 모국어를 완전히 습득한 5세 이상의 어린아이들은 문법적 규칙에 익숙하기 때문에 이상한 문장은 스스로 걸러낼 수 있습니다. 따라서 문법적 규칙을 잘 지키는가는 고쳐 쓰기 단계에서도 충분히 점검할 수 있습니다.

사진 속의 글은 인터넷에 올라온 학생들의 글입니다. 두 학생이 쓴 글 중에서 더 잘 썼다고 생각되는 글은 어느 것인가요? 이 글을 쓰라고 한 선생님은 아마도 세팍타크로 코치가 아닐까 싶습니다. 그리고 그 선생님이 학생들에게 세팍타크로가 자신의 삶에서 어떤 의미가 있는지를 써 보라고 했던 것 같습니다. 두 학생의 문장은 문법론적으로는 크게 문제가 없는 것으로 보입니다. 맞춤법의 준수나 글씨의 형태를 보면 윗글이 아랫글보다 더 정확하고 깨끗합니다. 따라서 외형적으로 언뜻 볼 때

세팍타크로란 무엇인가

세팍타크로는 이제부터 나의 인생이다.
이여 나의 모든걸 걸었고
열심히하고 싶다.
그런데 ... 아 아니다.
코치님은 우리보다 많이 살아서
또 우리가 많이 모르는걸 잘 알고
계신다. 여자의 모든걸 알고
계시는거 같다 크흠.
잘 배워야 겠다.

세팍타크로란 나에게 무엇인가?
백대현

처음부터 뭐 먼지 모르겠다
그런데 코치님과 운동을 해보니
어느정도 알거 같고 재있다
공부는 또 개챘다 세팍타크로에
전념을 하겠다 나에게 세팍타크
는 이제부터 미래의 꿈이다
끝

는 윗글이 아랫글보다 더 잘 쓴 것처럼 느껴집니다. 그러나 머릿속의 생각을 낱말로 어떻게 표현했는가 하는 점에서 보면 윗글은 매우 혼란스럽습니다. 가래떡이 쭉쭉 뽑아져 나오는 것이 아니라 중간중간에 끊어지고 휘어져서 이상한 가래떡이 되어 버렸습니다. 세팍타크로를 열심히 하고 싶다는 생각을 표현하고 나서는 곧 아니라고 합니다. 그러다가 느닷없이 코치가 여자의 모든 걸 알고 있다는 이야기를 하더니 또다시 잘 배워야겠다는 다짐으로 끝나고 말았습니다. 도대체 뭘 잘 배우겠다는 것인지 알 수가 없지요. 게다가 내용 연결이 안 되고 가닥가닥 끊어지기 때문에 어떤 생각을 하고 있는지 이해하기가 어렵습니다.

이에 반해 아래 학생의 글에서는 세팍타크로가 뭔지는 잘 모르겠지만 재미있다고 합니다. 또 공부는 포기했기 때문에 미래의 꿈으로 열심히 해 보겠다는 생각이 잘 드러나 있습니다. 문장은 짧지만 나름대로 내용 연결이 잘 되어 있어서 이 학생이 세팍타크로에 대해 어떤 생각을 갖고 있는지 쉽게 파악할 수 있습니다. 우리의 생각은 입체적이고 문장은 선적인 구조이기 때문에 입체적인 생각을 표현하기 위해서는 문장이 논리적으로 잘 연결되어야 합니다. 따라서 문장을 정확하게 쓰고 문장과 문장이 논리적으로 잘 이어지면 생각이 분명하게 드러나 좋은 글이 됩니다.

윗글은 세팍타크로가 자신의 삶에 어떤 의미가 있는가 하는 문제로 문장을 이어 가다가 곧 다른 생각으로 빠져 버렸습니다. 왜 이런 일들이 벌어지는 걸까요? 사실 우리의 뇌는 다양한 생각들이 번쩍번쩍 빛을 내면서 순간적으로 지나가기 때문에 이야기의 줄기를 잘 잡고 가지 않으면 다른 길로 새기 쉽습니다. 윗글은 생각이 떠오르는 대로 문장을 써 나갔기 때문에 문장과 문장 간의 연결이 안 되고 끊어져 버렸습니다. 반면에 아랫글은 세팍타크로가 자신의 삶에 어떤 의미가 있는가 하는 질문에 대해 충실하게 생각을 정리하면서 문장을 이어 나갔습니다. 그 결과 아래 학생의 글은 나름대로 논리적 일관성을 갖춘 글이 된 것입니다. 이처럼 문장이 논리적으로 잘 연결되어야 통일성을 갖춘 글이 됩니다.

사회적 글쓰기

윤상규(도봉고 2)

우리나라의 인구는 4천7백만 정도이다. 서울과 수도권 인구가 2천만이 넘는 수로 좁은 땅에 우리나라의 절반이 살고 있는 셈이다. 그러나 이 문제의 심각성을 서울과 수도권에 사는 사람들은 인식하지 못하는 것이 더 큰 문제가 아닌가 생각한다. 나 또한 이 글을 쓰기 전까지 심각성을 인식하지 못하였다. ①그것은 이미 우리가 지방에 있는 사람들보다 부와 정보, 그리고 지식을 더 갖고 있어서 그것들을 뺏기지 않으려는 뼛속 깊이 남아 있는 우열감이다. 그렇다면 인구의 집중으로 일어나는 사회적 문제는 어떤 것이 있을까? ②먼저 직장이 몰려 있고 교육을 배울 수 있는 곳들이 집중되어 있기 때문에 매일 반복되는 교통체증 우리는 이제 아침 또는 저녁에 만원버스가 익숙하다. 어느 날 우연히 자리가 남아 앉게 된다면 복권 맞은 느낌처럼 그렇게 좋을 수가 없다. 이건 좀 더 배부른 자들의 여유일 수도 있다. 인구가 너무 많아 직업을 구하기 힘든 실업자들. 그들 중에 우리 가장도 없지 않게 있다. ③지방에는 일자리가 남아돌고 노동력이 부족한 것이 우리나라의 현실이다. ④그래서 지방에 있는 직장은 상대적으로 서울에 비해 경제력이 훨씬 떨어져 빈부 격차를 초래한다.

⑤실업자들뿐만 아니라 주택이 부족하여 우리 주위에서도 난쟁이와 같은 소설에서 읽었던 빈민층들은 서울로 들어오는 인구들에 의해 외곽 지역으로 쫓기고 또 쫓기고 그들도 엄연히 우리나라의 주인인데 자신들의 삶의 터전을 뺏기는 안타까운 일이 아직도 우리가 웃고 떠들고 행복한 시간에 그들은 지옥과 같은 인생의 쓰린 맛을 느끼고 있다. ⑥근본적으로 인구의 분산과 기반 기능을 분산시켜 국토의 균형 발전을 하여 사회문제를 줄일 수 있는 힘을 가지고 있는 것은 정부이다. 그들이 자주 이런 문제를 등한시할수록 서민들에 입가의 웃음을 메마르게 하는 것이다. 정부가 하루빨리 형평성을 추구하는 정책을 내세워 지방에 성장을 도와주고 많은 혜택을 주어 인구의 분산을 촉구하여 균형적인 국토가 되었으면 하는 바이다.

이 글 역시 많은 문제점을 가지고 있습니다. 글을 쓴 의도는 어느 정도 알 수 있습니다. 하지만 문장이 어색하고 불필요한 내용이 끼어들고 논리적으로 연결이 안 되는 등 많은 문제점을 드러내고 있습니다. 우선 문장이 가래떡처럼 잘 뽑아져 나와야 하는데 엿가락처럼 뚝뚝 부러집니다. 게다가 엿이 아닌 것들도 섞여 있어서 엿판을 어지럽히고 있습니다. 이 학생의 문장 표현에서 가장 문제가 되는 부분들을 살펴보면 다음과 같습니다.

①그것은 이미 우리가 지방에 있는 사람들보다 부와 정보, 그리고 지식을 더 갖고 있어서 그것들을 뺏기지 않으려는 뼛속 깊이 남아 있는 우열감이다.

☞ 이 부분은 수도권에 부와 정보가 집중되어 있는 문제를 지적한 것으로 보이는데, 인구 집중의 문제가 수도권 사람들의 '우월감'에서 비롯되는 것은 아니기 때문에 논리적인 오류라고 할 수 있습니다.

②먼저 직장이 몰려 있고 교육을 배울 수 있는 곳들이 집중되어 있기 때문에 매일 반복되는 교통체증 우리는 이제 아침 또는 저녁에 만원버스가 익숙하다.

☞ 서로 다른 두 문장을 이어 붙여서 어색합니다. 내용적으로는 이해가 되지만 문법적으로 적절하지 않습니다.

③지방에는 일자리가 남아돌고 노동력이 부족한 것이 우리나라의 현실이다.

☞ 지방에는 일자리가 남아돈다는 것과 노동력이 부족하다는 말은 논리적으로 서로 모순되는 말입니다.

④그래서 지방에 있는 직장은 상대적으로 서울에 비해 경제력이

훨씬 떨어져 빈부 격차를 초래한다.

☞ 앞의 문장과 '그래서'로 연결되어 있는데 앞 문장과 뒤 문장 사이에 인과관계가 성립하지 않기 때문에 논리적인 오류를 범하고 있습니다. '그래서'라는 접속사를 잘못 사용한 것이라면 문법적인 오류라고 할 수 있습니다.

⑤실업자들뿐만 아니라 주택이 부족하여 우리 주위에서도 난쟁이와 같은 소설에서 읽었던 빈민층들은 서울로 들어오는 인구들에 의해 외곽 지역으로 쫓기고 또 쫓기고 그들도 엄연히 우리나라의 주인인데 자신들의 삶의 터전을 뺏기는 안타까운 일이 아직도 우리가 웃고 떠들고 행복한 시간에 그들은 지옥과 같은 인생의 쓰린 맛을 느끼고 있다.

☞ 여러 문장을 한 문장으로 엮어서 어색한 문장이 되었습니다. 문장 연결의 오류로, 문법적인 오류의 유형으로 볼 수 있습니다.

⑥근본적으로 인구의 분산과 기반 기능을 분산시켜 국토의 균형 발전을 하여 사회문제를 줄일 수 있는 힘을 가지고 있는 것은 정부이다.

☞ 주어가 너무 뒤에 위치해 있어 어색합니다. 논리적인 오류라기보다는 문법적인 오류에 해당합니다.

이 학생이 쓴 문장 중에서 어색하거나 이해되지 않는 문장을 살펴보면 논리적인 오류를 범하고 있는 것과 문법적인 오류를 범하고 있는 것으로 구분할 수 있습니다. 물론 논리적인 오류는 문법적인 오류도 함께 하기 때문에 이 둘을 엄격히 구분하기는 쉽지 않습니다. 학생이 쓴 문장의 오류를 하나하나 지적하지 않고, 수도권 인구 집중의 문제점과 대책 등으로 내용을 구분해서 문단을 확실하게 구분하라는 피드백을 제공하고 다시 쓰게 했습니다. 그 결과 다음과 같은 글이 만들어졌습니다.

과도한 인구 집중으로 일어나는 사회문제

윤상규(도봉고 2)

우리나라의 인구는 4천7백만 정도이며 그중에서 수도권 인구가 2천만이 넘는 수로 좁은 땅에 우리나라의 절반이 살고 있는 셈이다. 그러나 이 문제의 심각성을 서울과 수도권에 사는 사람들은 인식하지 못하는 것이 더 큰 문제가 아닌가 생각해 본다. 그렇다면 인구의 집중으로 일어나는 사회적 문제에는 어떤 것이 있을까?

먼저 교육 시설이 집중되어 있는 수도권은 지방 도시와 비교해서 확실한 벽이 존재하는 것이 현실이다. 수도권에 있는 몇몇의 사람들은 EBS와 강남교육청 홈페이지와 같은 저렴한 가격으로 누구나 배울 수 있는 평등한 교육 기회를 제공해 준다고 역설할 것이다. 실상 그것은 이미 우리가 지방에 있는 사람들보다 부와 정보, 그리고 지식을 더 갖고 있어서 그것들을 뺏기지 않으려는 뼛속 깊이 남아 있는 우열감이다.

둘째로는 인구가 너무 많아 직업을 구하기 힘든 실업자들 중에 우리의 가장도 없지 않게 있다. 지방에는 일자리가 남아돌고 노동력이 부족한 것이 우리나라 현실이다. 그렇기 때문에 지방에 있는 직장은 상대적으로 서울에 비해 경제력이 훨씬 떨어져 빈부 격차를 초래한다.

셋째로는 많은 인구를 충당할 수 있는 주택이 부족하다. 돈이 있는 사람은 살 수 있지만 없는 사람은 살 수 없다. 우리가 흔히 알고 있는 소설 '난쟁이가 쏘아올린 작은 공'을 기억할 것이다. 1970년대를 배경으로 하는 소설 속에 난쟁이 가족들과 같은 빈민층들이 아직도 존재한다. 아름다운 서울 뒷골목에 쓰라린 난쟁이들의 절규가 들리지 않는가? 한번 귀 기울여야 할 때가 왔다.

이 모든 것들이 해결되기 위해서는 정부가 적극적이고 구체적인 해결 방안을 제시해야 할 것이다. 도시의 기반 기능을 분산시켜 국토의 거점 개발 방식에서 벗어나 균형적인 개발을 해야 한다. 기반 기능을 살펴본다면 행정 기능과 고급 서비스 업무 등을 분산시켜 줘야 한다. 더불어 인구도 분산시켜야 한다. 이미 수도권에 살고 있는 인구를 이동시키는 게 쉽지 않겠지만 여러 가지 혜택을 준다면 가능할 것이다. 정부가 더 이상 눈 가리고 아웅하는 태도를 탈피하여 형평성을 추구하는

> 정책을 내세워 지방의 성장을 도와주어 균형적인 국토가 되어 사회문제가 줄어든다면 이보다 더 좋은 것이 어디 있을까 생각한다.

　수정된 글에서는 의식 흐름의 기법 같은 문장의 오류가 많이 줄어들었고, 불충분하던 정보가 채워져서 내용이 좀 더 풍부해졌습니다. 문장의 연결도 초고보다는 많이 자연스러워졌습니다. 그런데 초고에서 확인되었던 문법적인 오류의 문장은 거의 사라졌으나 논리적인 오류로 인해 어색한 문장은 그대로 살아남았습니다. "지방에는 일자리가 남아돌고 노동력이 부족한 것이 우리나라의 현실이다. 그렇기 때문에 지방에 있는 직장은 상대적으로 서울에 비해 경제력이 훨씬 떨어져 빈부 격차를 초래한다."라는 문장을 보면 초고에서 사용했던 '그래서'를 '그렇기 때문에'로 바꾸었을 뿐입니다. 문제는 이렇게 바꾸어도 논리적인 오류는 여전하다는 점입니다.

　이것을 통해서 보면 단순한 문법적 오류는 고쳐 쓰기 과정을 통해서 줄일 수 있지만 논리적인 오류는 다시 쓰기를 통해서도 고치기가 쉽지 않다는 것을 알 수 있습니다. 논리적인 오류는 단순한 규칙의 위반이 아닙니다. 그 문제에 대한 글쓴이의 생각이 아직 충분히 성숙하지 않았기 때문에 발생하는 것입니다. 따라서 이러한 문제는 다른 사람이 읽고 피드백을 해 주면 훨씬 빨리 수정할 수 있지요. 하지만 다른 사람의 도움을 받지 못한다면, 다음 날 일어나 새로운 기분으로 다시 읽어 보면서 오류를 확인해 보는 것이 좋습니다.

쓰기연습

1. 다음 글을 읽고 잘 이해가 되지 않는 어색한 문장을 찾아보세요.

제 이름은 이○○입니다. 저는 돈을 디질라게 좋아합니다. 하지만 돈을 모으지는 못합니다. 돈을 좋아하는 만큼 있기만 하면 물 쓰듯이 펑펑 다 써 버립니다. 지금부터 저와 돈의 일들을 말해 보겠습니다.

제가 초등학교 3학년 때쯤에 설을 맞이해서 4만 원이라는 거금을 받았습니다. 전 엄마께 뺏기기 싫어서 당일치기로 모두 써 버렸습니다. 집에 오니 엄마가 돈을 달라고 하셨지만 다 썼다니까 혼내시진 않고 황당한 표정을 하였습니다. 이처럼 저는 돈을 쓰는 법을 모릅니다.

이건 언제 일인지 잘 모르지만 아빠께서 무엇을 하시고 남은 동전을 모두 장롱 밑에 넣으셨습니다. 전 제가 좋아하는 동전들이 데구르 구르는 광경을 목격하고 말았습니다. 다음 날부터 옷걸이를 길게 펴서 500원씩 꺼내 썼습니다. 그런데 언젠가부터 동전이 더 이상 나오질 않자 저는 심장이 42.195km라도 뛴 것처럼 콩닥거렸습니다. 두려움으로 살고 있는데 이사를 간다고 하셨습니다. 짐을 옮기던 중 아빠가 저를 부르셨고 어쩔 수 없이 그 일을 정직하게 말했습니다. 이사 때문에 그 일은 뽀록나고 말았습니다. 아빠는 이삿날에 성질내는 게 싫으셔서 참으신 것 같았습니다. 저는 집에서 사고뭉치 그 자체였습니다.

그 일이 있은 뒤 저는 마음에 드는 장난감이 생겨서 엄마에게 사 달라고 했지만 결사반대이셔서 할 수 없이 하면 안 될 짓인 엄마의 지갑에서 만 원을 슬쩍해서 그동안 갖고 싶은 것들을 냅다 사 버렸습니다. 엄마는 저에게 어디서 났느냐며 "네가 죽나 내가 죽나 해보자."라고 하시며 방문을 잠그고 빗자루로 개 패듯이 때렸습니다. 그 뒤로도 1, 2번 더 했지만 다행히 걸리지 않았지만 죄책감은 있었습니다. 그 후로 저는 그런 짓을 다시는 하지 않습니다.

모두들 저 같은 경우가 있을 겁니다. 조마조마해서 말도 못하고 제 생각에는 양치기 소년의 이야기가 공감이 됩니다. 제가 슬쩍을 많이 해서 그런지 지금도 제 잘못으로 오해를 받으면 저는 짜증만 냅니다. 돈은 며칠 뒤 서랍에서 기어 나옵니다. 돈은 저와 인연이 깊나 봅니다. 엄마도 항상 "넌 돈 많이 쓰니까 돈 많이 벌어야 돼."라고 하십니다. 저도 그러길 바랍니다. 전 이번 자기소개서를 하면서 다시 한 번 옛날 일을 반성할 수 있어서 좋았고, 이 글을 통해 이런 일들이 일어나지 않도록 돈을 쓸 때는 쓰고 아낄 때는 아끼는 그런 저축적인 구두쇠처럼 돈을 모으고 싶어서 돈을 주제로 정한 것입니다.

2. 다음 (가), (나)의 문장을 논리적 연관을 갖도록 자연스럽게 고쳐 써 보세요.

(가)

그 뒤로도 I, 2번 더 했지만 다행히 걸리지 않았지만 죄책감은 있었습니다.

(나)

그 일이 있은 뒤 저는 마음에 드는 장난감이 생겨서 엄마에게 사 달라고
했지만 결사반대이셔서 할 수 없이 하면 안 될 짓인 엄마의 지갑에서 만 원
을 슬쩍해서 그동안 갖고 싶은 것들을 냅다 사 버렸습니다.

9

고쳐 쓰기는
어떻게 하나요?

고쳐 쓰기

모든 초고는 걸레다.

- 어니스트 헤밍웨이 -

　한국 축구를 한 차원 높여 주는 데 기여한 인물을 들라면, 2002년 한
일월드컵 때 대한민국 감독을 맡았던 히딩크 감독을 꼽을 수 있습니다.
우리나라가 월드컵 4강에 올라갈 수 있었던 데는 물론 홈 경기라는 이점
도 있었지만, 히딩크 감독의 지도와 전략에 힘입은 바가 적지 않습니다.
히딩크 감독은 박지성을 비롯한 한국 축구의 스타를 발굴했을 뿐만 아니
라 뛰어난 용병술로 한국팀을 월드컵 4강에 올려놓았기 때문입니다.

　축구는 선수들이 하는데 많은 나라에서 실력 있는 감독을 영입하기
위해서 투자를 하는 이유가 무엇일까요? 이는 다른 분야와 마찬가지로
축구에서도 지도자의 영향력이 크기 때문입니다. 감독은 선수를 선발하
고 훈련시킬 뿐만 아니라 경기의 전략과 전술을 책임지는 위치에 있습니
다. 따라서 감독의 안목이 뛰어나지 않으면 좋은 선수를 선발하기도 어

렵고 선수들을 체계적으로 훈련시키기도 힘들지요. 경기를 할 때도 마찬가지입니다. 훌륭한 감독이 있어야 훌륭한 선수도 탄생할 수 있는 것입니다.

축구에서 지도자의 역할이 중요한 만큼 글쓰기에서도 선생님의 역할이 중요합니다. 자신이 쓴 글이 어느 수준인지 스스로 판단하기는 어렵습니다. 만일 자신이 쓴 글이 어떤지를 알고 싶다면 주변의 다른 사람들에게 읽혀 보면 됩니다. 친구나 부모님이나 선생님, 누구라도 다른 사람에게 읽혀 보고 반응을 살펴보세요. 그러면 자신이 쓴 글이 다른 사람에게 어떻게 읽히는지를 알 수 있을 것입니다. 따라서 어떤 글이든지 글을 쓰고 나서는 다른 사람에게 읽혀서 피드백을 받는 것이 좋습니다.

그러나 이왕이면 글쓰기 전문가에게 피드백을 받을 수 있다면 훨씬 좋습니다. 자신의 글이 가진 문제점이나 이를 개선하는 방법, 나아가 자신의 글쓰기 능력을 향상시키기 위한 처방 등을 얻을 수 있기 때문입니다. 축구를 잘하기 위해서도 오랜 시간 연습과 훈련이 필요한 법입니다. 하물며 글쓰기는 정신 능력을 단련시키는 것이기 때문에 근육 훈련 이상으로 연습과 훈련이 필요합니다. 옛날에는 훌륭한 글 선생님을 찾아가서 글을 배우곤 했는데, 요즘은 훌륭한 과외 선생님을 찾아가는 시대가 되었습니다. 따라서 주변에 글쓰기 전문가가 있다면 적극적으로 도움을 받는 것이 좋습니다.

그러나 대부분의 학생들은 지도교사가 있어도 자기 글을 보여 주기 싫어합니다. 글이란 결국 자기를 노출하는 것이므로, 다른 사람이 자신의 겉으로 드러나지 않는 부분을 들여다보는 것을 꺼리기 때문입니다. 그런데 이런 태도를 갖고 있으면 자신을 객관적으로 볼 수 없습니다. 다른 사람의 시각에서 자신의 모습을 볼 수 있어야 자신의 장단점을 파악할 수 있기 때문입니다. 주변에 글쓰기 전문가가 없다면 친구나 부모님과 같은 주변 사람들의 피드백을 받는 것도 도움이 됩니다. 사람들은 대체로 자기 눈의 대들보는 잘 보지 못하지만 남의 눈의 티눈은 잘 보는 경향이 있으니까요. 따라서 읽는 이의 시선으로 봤을 때 자기 글이 어떻게 읽히는지를 파악하는 것이 중요합니다.

　다음은 중학교 1학년 학생을 대상으로 시에 대해 피드백을 했던 예입니다. 이 학생은 여러 차례 고쳐 쓰기를 통해서 다음과 같은 시를 완성했습니다.

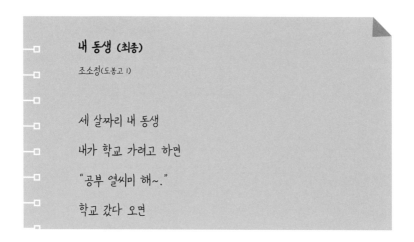

내 동생 (최종)

조소정(도봉고 1)

세 살짜리 내 동생

내가 학교 가려고 하면

"공부 열씨미 해~."

학교 갔다 오면

"공부 열씨미 해떠?"

세 살짜리 내 동생

곰 세 마리 노래 부르면

"아빠 곰은 날씬해."

"엄마 곰은 날씬해."

"애기 곰은 날씬해."

세 살짜리 내 동생

내가 싸우기라도 하면

"너이들, 혼난다!"

"호랑아, 큰언니 짠언니 자바가라"

귀여운 내 동생

이 시는 귀여운 동생의 행동과 말투를 3연에 걸쳐서 자세히 묘사한 다음 "귀여운 내 동생"으로 마무리했습니다. 동생의 모습을 설명하지 않고 묘사했기 때문에 읽는 이는 동생의 귀여운 행동과 말투를 보는 듯합니다. 구성이 단순하고 표현도 어렵지 않아서 누구나 쉽게 쓸 수 있을 것 같습니다. 하지만 이 작품은 단번에 쓰인 것이 아니라 여러 차례 고쳐서 마무리한 작품입니다. 이 학생이 처음에 쓴 글은 다음과 같습니다.

내 동생 (첫 번째)

집을 나가기 전 엄마가

"잘 갔다 와, 공부 열심히 해." 하면

내 동생도 따라서

"공부 열씨미 해~." 한다.

학교 갔다 와서 엄마가

"공부 열심히 했어?" 하면

내 동생도 따라서

"공부 열씨미 해써?" 한다.

공부란 걸 알고 하는 소린지

공부 열심히 하라고

공부 열심히 했냐고 한다.

미치겠다.

처음 작품에서는 학교에 갈 때와 올 때 엄마의 말을 따라 하는 동생의 말투를 비교적 자세히 묘사하고 그 느낌까지 덧붙이고 있습니다. 아마도 글쓴이는 이 장면에서 동생이 귀엽다는 것을 강하게 느꼈을 겁니다. 그런 점에서 보면 이 첫 번째 글이 글쓴이의 순수한 마음이 가장 잘 드러나 있다고 할 수 있습니다. 그러나 자세히 뜯어보면 학교에 갈 때의 말과 집으로 돌아왔을 때의 말이 비슷하게 반복됩니다. 뿐만 아니라 느낌을 표현한 3연에서도 반복돼서 지루하게 늘어집니다. 특히 3연의 내용은 1, 2연에서 발생한 느낌을 덧붙인 것이어서 군더더기가 될 뿐입니다. 그래서 학교 갈 때와 돌아왔을 때의 내용을 간략하게 압축하고, 동생의 귀여운 말투를 좀 더 찾아서 내용을 풍부하게 구성하는 것이 좋겠다고 피드백을 했습니다. 그 결과 나온 두 번째 작품이 다음 시입니다.

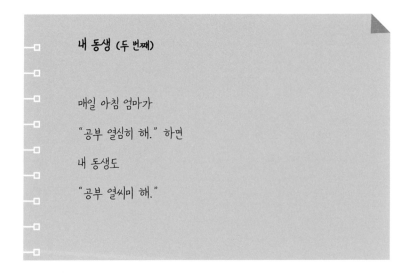

내 동생 (두 번째)

매일 아침 엄마가
"공부 열심히 해." 하면
내 동생도
"공부 열씨미 해."

곰 세 마리 노래 부르면
"아빠 곰은 날씬해.
엄마 곰은 날씬해.
애기 곰은 날씬해."
다 날씬하다고 한다.

내가 싸우기라도 하면
"호랑아, 큰언니 짠언니 자바가라."

공부 열심히 하라는
개사해서 노래하는
호랑이를 부른다는

내 동생

두 번째 시에서는 앞의 내용이 한 연으로 압축되고, 두 가지 사례가
더 보태져 훨씬 내용이 풍부해졌습니다. 그러나 설명하려는 버릇은 여전
합니다. 그래서 설명하지 말고 몇 개의 장면을 압축해서 보여 주는 것으
로 마무리하는 것이 좋겠다고 피드백을 했습니다. 이 과정을 통해 앞에

서 본 최종 작품이 탄생했습니다. 자기 생각과 느낌을 자세히 설명하려는 경향은 줄글을 쓰는 버릇에서 나옵니다. 학생들은 시를 쓸 때도 이런 줄글 습관을 버리지 못하기 때문에 불필요한 설명이 많습니다. 그러나 시의 특징은 말하는 이의 심정을 구구절절이 나열하는 것이 아니라 대상을 압축해서 보여 주는 데 있습니다.

물론 어떤 사람들은 처음 쓴 시가 훨씬 때 묻지 않고 학생다운 글이어서 좋다고 평가할 수도 있습니다. 학생 자신의 솔직한 표현만을 중시한다면 이러한 판단이 옳겠지요. 그러나 동생의 모습을 얼마나 잘 표현했는가 하는 점에서 보면 여러 차례 고쳐 쓰기를 통해서 나온 최종 작품이 동생의 모습을 훨씬 생동감 있게 드러냈다고 할 수 있습니다.

위의 사례처럼 선생님의 체계적인 피드백에 따라 고쳐 쓰기가 이루어질 수도 있지만 자기 평가나 동료 학생의 평가를 통해서도 고쳐 쓰기가 이루어질 수 있습니다. 다음은 대학교 신입생이 쓴 자기소개 글로 글쓰기 평가표에 따라 고쳐 쓰기를 한 사례입니다. 먼저 초고를 읽어 보세요.

안녕하십니까. 저는 안동대학교 국어교육과 김○○이라고 합니다. 정시 모집으로 입학을 해서 자기소개서를 써 본 적이 없지만 이번 기회에 제 자신에 대해서 몇 자 적어 보겠습니다.

저는 1994년 7월 19일 생으로 태어나가는 부산의 작은 병원에서 태어났고 얼마 지나지 않아 김해로 이사를 갔습니다.

위로는 한 살 터울의 누나가 있고 아래로는 여덟 살 터울의 여동생이 있는데

저희 가족은 부유하지는 않았지만 의식주 부족함 없이 나름대로 화목한 집이었습니다. 특별한 추억도 사고도 없이 평탄하게 유아기를 보내고 7살 때 불의의 교통사고를 당합니다. 그 교통사고로 인해 왼쪽 다리가 골절되고 앞니가 부서져서 몇 주간 입원 치료를 받습니다. 얼마 지나지 않아 김해에 있는 삼정초등학교를 입학하였고 집안 사정으로 3학년에 삼계초등학교로 전학을 갔습니다.

그 후 집안에 큰 변고가 생겨서 울산에 새롭게 정착을 하였고

울산에 있는 옥현초등학교를 졸업하고 삼호중학교에 입학을 해서 졸업까지 무사히 마쳤습니다. 하지만 초·중학교 시절엔 너무 무난히 학교생활을 해서 그런지 꿈이라는 것에 대하여 깊게 생각해 보지 않았었습니다. 그래서 고등학교 입학 전에 잠시 '내가 하고 싶고 잘하는 것이 뭐가 있을까?'라는 생각을 해 보았습니다.

곰곰이 생각을 해 보니 중학교 시절에 학교 대표로 다른 학교와 경기를 할 만큼 야구에 소질과 관심이 있어 보였던 것이었습니다. 그래서 야구 선수라는 현실성 없는 꿈을 안고 우신고등학교를 입학했습니다.

고등학교를 진학해 보니 제 꿈이 얼마나 현실성 없는 꿈인지를 깨닫고 다시 한 번 제 꿈에 대해 깊게 생각을 해 보았습니다.

내가 할 수 있는 일, 하고 싶은 일, 해야 하는 일

고민 끝에 저는 국어 교사라는 크고 보람 있는 꿈을 가지게 되었습니다.

그 후 어영부영 3년이라는 시간을 보내고 운 좋게도 명문 사범대 안동대학교 국어교육과를 입학하게 되었고, 매일매일 제 선택에 만족하고 제 삶에 감사하며 살고 있습니다. 물론 이 과제를 처음 받았을 땐 귀찮기도 했고 뭔가 막막하기도 했지만 이렇게 제 삶에 대해 돌아보고 다시 한 번 감사하는 계기가 된 것 같습니다.

별로 길지 않고 잘 정리가 되어 있지도 않지만 한 자 한 자 적으며 많은 것을 느끼게 됩니다. 지금 분에 넘치게도 과 대표라는 무거운 자리를 맡고 있지만 앞으로의 대학 생활에서 학창시절에 해 보지 못했고 시도해 보지 못했던 도전들을 해 보며 헛되지 않은 대학 생활을 보내고 싶습니다. 물론 교우관계에 있어서도 하루하루 더 발전하는 제 자신이 될 것이고 내면적으로 성숙한 사람이 되고 싶습니다.

너무나도 좋고 편한 제 동기들과 부족한 후배 챙기느라 고생하시지만 항상 웃으며 잘 챙겨 주시는 12학번 선배님들을 만나게 돼서 너무너무 기쁘고 만족스러운 학교생활을 할 수 있을 것 같습니다.

이제까지 정리되지 않았지만 한 자 한 자 기쁘고 즐거운 마음으로 적어 본 안동대학교 국어교육과 김○○의 자기소개였습니다.

자기를 소개하는 글쓰기는 다른 사람에게 내가 어떤 사람인지를 설명해 주는 것입니다. 그런데 소개해야 할 대상인 '나'라는 사람은 매우 다양한 요소로 구성되어 있기 때문에 무엇을 중심으로 소개해야 할지 막막합니다. 그 때문인지 이 학생 역시 자신이 태어난 때부터 시작해서 가족 관계, 지금까지 살아온 역사를 다 소개하고 있습니다. 그런데 과연 읽는 이가 이렇게 시시콜콜한 이야기를 듣고 싶어 할까요? 그리고 이런 이야기를 통해서 '나'라는 인물을 잘 이해할 수 있을까요? 다음과 같은 평가지를 활용해서 스스로 점검하고 동료 학생끼리 피드백을 하도록 했습니다.

1. 읽는 이를 적극적으로 고려하고 있나요?
2. 소개하는 목적이 잘 드러나고 있나요?
3. 자신의 특징이 효과적으로 드러났나요?
4. 글의 일관성과 짜임새가 있나요?
5. 설득력 있는 표현과 일화를 제시하고 있나요?
6. 단락의 구분이 적절하고 표기, 표현이 정확한가요?

이 평가지에 비추어 보면 학생의 글은 읽는 이를 고려하는 요소가 부족하고, 왜 무엇을 소개하려는지도 불분명하며 자신의 특징도 잘 드러나 있지 않습니다. 또한 글의 일관성과 짜임새도 부족한 편이고 단락 구분도 확실하지 않습니다. 동료 학생들로부터 이런 피드백을 받고 나서 다시 고쳐 쓴 것이 다음 글입니다.

안녕하십니까? 저는 안동대학교 국어교육과 김○○이라고 합니다. 저를 비롯해 여기 있는 대부분의 학우분들이 교사의 꿈을 가지고 계시는 걸로 알고 있습니다. 학교에서뿐만 아니라 사회에 나가서도 같은 길을 걷게 될 여러분들 반갑습니다. 다른 분들이 교사의 꿈을 가지게 된 계기는 어떨지 모르지만 저 같은 경우에는 조금 현실적인 계기로 인해 교사의 꿈을 가지게 되었습니다.

저는 고등학교 2학년 시절까지만 해도 야구 선수의 꿈을 가지고서 청소년 야구단에 가입하여 야구를 즐기고 있었습니다. 그렇게 2학년을 학업과는 거리를 둔 채 운동만을 하며 보냈습니다. 그러던 어느 날 부모님께서 진지하게 대화를 하자고 말씀을 하시고는 야구 선수라는 비현실적이고 허황된 꿈 말고 네가 할 수 있는 일이 뭐가 있는지 말을 해 보라고 하셨습니다. 저는 한동안 아무 말도 못하고 고개만 숙인 채 있었고, 부모님께선 네가 무엇을 잘하고 무엇을 하고 싶고 무엇을 할 수 있는지에 대해 깊게 고민해서 정하라고 말씀하셨습니다. 그날 이후 저는 부모님 말씀대로 고심을 해 보았습니다. 그 당시 저의 성적은 형편이 없었고 특별히 공부에 뜻을 두지도 않았기에 현실적인 꿈에 대해 생각해 본 적 없었던 저는 18살의 나이에 처음으로 제 미래를 걱정하게 되었습니다. 그렇게 며칠간 고민을 하며 지내다가 우연히 인터넷 기사 하나를 보게 되었습니다.

'여성의 배우자 직업 선호도 1위 공무원'이라는 제목의 기사였습니다.

조금은 우습게도 이 기사를 보고서 저는 '아, 공무원!'이라고 생각을 하게 되었습니다. 처음에 이렇게 우연적이고 어린아이같이 꿈을 세우고 나서 과연 공무원 중 어떤 직업이 내가 좋아하고 할 수 있고 적성에 맞는 직업일까를 고심한 끝에 그 당시 여러 과목 중 유일하게 성적이 좋고 흥미가 있었던 국어에 초점을 두게 되었습니다.

평소 야구를 할 때 남을 가르치는 일을 많이 해서 그런지 그 당시 교사라는 직업 자체의 가치와 보람도 많이 느꼈고, 우리나라의 말과 글을 연구하는 일에 대하여도 흥미를 느꼈습니다. 그 뒤 교사라는 꿈을 위해 늦게나마 공부를 시작하였고 정말 운이 좋게도 안동대학교 국어교육과에 추가 합격을 하였습니다.

터무니없는 계기와 목적으로 교사의 꿈을 가졌기에 저도 '과연 내가 평생 동안 교사라는 직업을 가지고 살 수 있을까?'라는 의문이 들었습니다. 하지만 지금은 제가 그 누구보다도 학생들을 가르치고 올바른 길로 인도하는 일에 대해 자신과 애착을 가지고 있다고 확신할 수 있습니다.

사범대에 진학하기 위해 늦게나마 공부를 할 때, 미래에 대해 진지하게 고찰할 때, 교사에 대한 정보를 얻기 위해 선생님들께 조언을 구할 때 등 많은 경험을 겪으며, 시작은 남루하고 초췌했던 나뭇가지에 잎이 피어나고 꽃이 피어나듯 점점 더 교사가 되고 싶고, 되어야 한다고 또 한 번 확신할 수 있습니다.

다른 분들도 저와 같이 교사가 되고 싶다고 생각한 개개인의 계기가 있을 것입니다. 그 계기가 어떻든 지금은 교사가 되고 싶다는 마음은 모두가 똑같을 것이라 생각합니다.

저는 남들보다 시작이 늦었던 만큼 남들보다 한 걸음 더 나아가도록 노력할 것이고 앞으로 4년간 같이 대학 생활을 해야 하는 정말 좋은 동기들과 선배들을 만나서 너무 행복하고 만족합니다. 같은 꿈을 향해 열심히 달려가는 안동대학교 사범대 학생들이 됩시다. 감사합니다.

앞에 제시했던 여섯 가지 평가 기준으로 평가를 해 보면 이 글은 어떤 점수를 받을까요? 여러분들이 채점을 해 보면 알겠지만 모든 항목에서 이전보다 향상되었다는 것을 확인할 수 있을 것입니다. 무엇보다도 초고에서는 자신의 삶을 일대기 식으로 나열해서 산만한 느낌을 주었습니다. 그러나 수정본에서는 자신의 꿈을 중심으로 내용의 통일성을 갖추어 썼습니다. 읽는 이가 전혀 관심을 갖지 않는 내용을 과감하게 삭제하고, 일화를 넣어 내용을 구체화시킴으로써 읽는 이의 흥미와 관심을 높였습니다. 내용의 통일성이 높아지니까 단락 구분도 상당히 체계화되었습니다. 자기 평가와 동료 평가를 통해서 고쳐 쓰기를 한 결과 글이 상당히 좋아졌다는 것을 쉽게 알 수 있습니다.

초고를 다 쓰고 나서 다시 고쳐 쓰려면 피로도가 높아져서 좋은 글을 쓰기 어렵습니다. 가능하면 시간적인 여유를 갖고 머리를 비운 다음, 차분한 마음으로 이번에는 읽는 이 입장에서 글을 읽어 봅니다. 그러면 글쓴이 입장에서 쓸 때와는 다른 기분으로 자신의 글을 바라볼 수 있을 것입니다. 이렇게 고쳐 쓰기 과정을 몇 차례 거치고 나면 문장의 완성도가 높아집니다. 그런 다음 주변의 친구나 가족에게 읽혀서 반응을 살펴봅니다. 이렇게 피드백을 받으면 자신이 미처 생각지 못했던 문제를 발견하고 수정할 기회를 얻게 됩니다. 물론 전문가의 피드백을 받을 수 있다면 더 좋은 발전의 기회를 얻게 될 것입니다.

쓰기연습

1. 다음은 「표절 논란과 글쓰기」라는 제목으로 글쓴이가 쓴 글의 초고와 수정 본입니다. 무엇이 달라졌는지 살펴보고 이렇게 수정한 이유가 무엇인지 이야기 해 보세요.

● 초고

유명인의 논문 표절 논란으로 시끄럽다. 스타 강사 김미경 씨의 석사 논문 이 표절이라는 기사가 <조선일보>에 보도된 데 이어 배우 김혜수와 방송인 김미화 씨의 논문 표절 기사도 잇달아 터졌다. 흥미로운 것은 당사자인 김미 경 씨와 김미화 씨의 경우에는 억울함을 항변하고 있다는 점이다.

<조선일보>의 보도를 보면 김미경 씨는 지난 2007년 2월 작성한 석사 학 위논문 '남녀평등 의식에 기반을 둔 직장 내 성희롱 예방 교육의 효과성 분 석'에서 기존 연구 · 학위논문을 최소 4편 짜깁기했다고 한다. 이에 대해 김 미경 씨는 "이 논문은 철저히 설문 조사에 기반하고 있습니다. 제가 강의를 다니면서 짬짬이 410명을 대상으로 설문 조사를 벌였고, 그에 대한 분석 내용 이 논문의 대다수를 차지하고 있습니다. 때문에 특정 주제에 대해 설문을 만들고 그에 대해 분석한 내용이 누군가의 표절이라는 건 상식적으로 있을 수 없습니다."라고 항변하고 있다.

김미화 씨도 "제 논문의 연구 대상은 유재석과 강호동 두 분이었고, 제 작 현장에서 실제로 부딪히며 일하고 있는 제작자 입장에서 이들의 평판이

진행자 선정 과정에 얼마나 영향을 미치는지에 대한 조사 연구였다."라고 하면서도 이론적 배경을 정리하는 과정에서 재인용 표시를 철저히 하지 못한 점이 부족했다고 입장을 밝혔다.

•수정본

매서운 겨울도 가고 이제는 봄빛이 완연하다. 햇볕은 따사로운데 매스컴에서는 연일 유명인의 논문 표절 논란으로 시끄럽다. 논문 표절의 대상이 정치인이 아니라 유명 방송인과 연예인이라는 점이 흥미를 끈다. <조선일보> 3월 20일자 기사에서는 유명 강사 김 씨가 석사 학위논문을 짜깁기했다고 보도했다. 이에 대해 김 씨는 자신의 논문은 철저히 설문 조사에 기반을 두고 있기 때문에 누군가의 표절이라는 건 상식적으로 있을 수 없다고 말했다.

논문 표절 의혹을 받고 있는 방송인 김 씨도 "제 논문의 연구 대상은 후배인 유재석과 강호동 두 분이었고, 제작 현장에서 실제로 부딪히며 일하고 있는 제작자 입장에서 이들의 평판이 진행자 선정 과정에 얼마나 영향을 미치는지에 대한 조사 연구였다."라고 하면서도 이론적 배경을 정리하는 과정에서 재인용 표시를 철저히 하지 못한 점이 부족했다고 입장을 밝혔다.

청소년 거침없이 글쓰기 - 전략

초판 1쇄 펴낸날 2016년 8월 10일
초판 3쇄 펴낸날 2017년 3월 15일

지은이 | 김주환
펴낸이 | 홍지연
펴낸곳 | 도서출판 우리학교
편집 | 김영숙 김나윤 소이언 전신애 박지연
디자인 | 남희정
관리 | 김미영
인쇄 | 에스제이 피앤비

등록 | 제313-2009-26호(2009년 1월 5일)
주소 | 04085 서울시 마포구 토정로 46 청우빌딩 6층
전화 | 02-6012-6094~5
팩스 | 02-6012-6092
전자우편 | woorischool@naver.com

값 12,000원

ISBN 979-11-87050-12-4 44800
ISBN 979-11-87050-11-7(세트)